Das Buch

Natürlich wusste mein Freund, dass er bei
der Swinger-Party in dieser stilvollen
Hamburger Maisonette-Wohnung nicht mit allen
anwesenden Frauen vögeln konnte. Aber ich hatte
den Eindruck, dass er es zumindest versuchte.
Allerdings war ich es, die am Ende dieser sehr
besonderen Silvester-Party die meisten Fremdsex-
Erlebnisse hatte. Zudem stellte ist fest, dass mein
Freund mit einer im Vorfeld geäußerten Vermutung
recht hatte: Wer glaubt, dass in einem Swingerclub
besonders aufregende Dinge geschehen, war noch
nie bei einer privaten Swinger-Party.

Die Autorin

Nina Noisee wurde 1981 in Niedersachsen
geboren. Sie studierte Betriebswirtschaft.
Heute lebt und arbeitet sie in Köln.
Mit Mitte 30 entdeckte sie ihre Leidenschaft für
das Swingen. Die Idee, Bücher über dieses Thema
zu schreiben, verdankt sie einer lieben Freundin.

Nina Noisee

19 Swinger-Paare und eine Silvesterparty

Bekenntnisse einer Swingerin (3)

Bibliografische Information der Deutschen Nationalbibliothek:
Die Deutsche Nationalbibliothek verzeichnet diese Publikation in der Deutschen Nationalbibliografie; detaillierte bibliografische Daten sind im Internet über http://dnb.dnb.de abrufbar.

Herstellung und Verlag: BoD – Books on Demand, Norderstedt

ISBN: 9783752644975

19 Swinger-Paare und eine Silvesterparty

Von Nina Noisee

Ich hatte Feuer gefangen, und Marco wusste es – und er nutzte es. Seit mich mein Freund knapp ein Jahr zuvor in die Welt der Swinger eingeführt hatte, war viel geschehen. Sehr viel sogar. Wir waren mehrfach in Swingerclubs gewesen, wir hatten ein Paar zu Hause besucht, wir hatten getrennten Partnertausch mit einem Paar erlebt, und ich hatte eine Nacht zu dritt mit einem Paar verbracht. Dass wir dabei auch Grenzen überschritten hatten, die ich eigentlich für selbstverständlich gehalten hatte, erschien mir nun beinahe als normale Entwicklung. Es waren unglaublich viele sexuelle Neuentdeckungen für nicht mal ein Jahr.

An diesem Wochenende bei meinem Freund in Hamburg verbrachten wir die Zeit im Wesentlichen mit Essen, Schlafen und Ficken – vor allem Letzterem. Am Wochenende zuvor war ich zum Einhorn geworden – also zu einer Frau, die Sex mit einem Paar hat. Und Marco fragte mich nun immer und immer wieder nach sämtlichen Details jener Nacht. Da wir eine offene Beziehung führten und völlige Offenheit vereinbart hatten, erzählte ich ihm bereitwillig, was er wissen wollte. Mein ausführlicher Bericht erregte ihn – und mich ebenfalls. In Gedanken erlebte ich diese hoch erotische Nacht in einem fremden Ehebett noch einmal.

Zudem sprachen wir auch immer wieder über die gemeinsamen Begegnungen mit den Paaren, die wir in der letzten Zeit gehabt hatten. Es wunderte mich daher keineswegs, dass wir an diesem Wochenende in seiner Wohnung kaum die Finger voneinander lassen konnten.

„So etwas könnte man auch noch ausweiten", sagte Marco als wir in einer Sexpause leichtbekleidet die Pizza vom Bringdienst vertilgten.

„Was meinst du mit ausweiten?", fragte ich.

„Nicht nur zu viert."

„Zu sechst?"

„Ja, oder zu acht oder noch mehr – Party eben."

„Das wäre dann wie im Swingerclub."

„Nein, gar nicht. Eine private Swinger-Party ist etwas ganz anderes als ein Abend im Club."

„Wo ist der Unterschied?"

„Es sind handverlesene Menschen, so etwas findet in Privaträumen statt – und somit in einer ganz anderen Atmosphäre. Es ist viel intimer als im Club."

Intimer. Aha. Was war denn intimer als fremde Finger an meiner Pussy? Und die hatte ich ja auch im Club schon reichlich erlebt.

„Du hast so etwas schon gemacht?", wollte ich wissen.

Statt einer Antwort grinste er mich breit an. Natürlich hatte er das. Wieder einmal kam ich mir neben diesem swingererfahrenen Mann wie eine Novizin vor. Im Vergleich zu ihm war ich das ja auch. Im Gegensatz zu mir war er schon vor unserem Kennenlernen als Swinger aktiv gewesen. Aber unerfahren war ich mittlerweile auch nicht mehr. Und ich arbeitete daran, meinen Erfahrungshorizont weiter auszubauen. Ich war jetzt Mitte 30 und hatte das Gefühl: wann, wenn nicht jetzt? Das sah mein Freund ebenso. Über seinen Vorschlag einer privaten Gruppensex-Party (denn darauf würde es ja wohl hinauslaufen) musste ich dennoch erst einmal nachdenken.

Genau das tat ich in den folgenden Tagen, als ich wieder bei mir zu Hause war. Vielleicht war es ganz gut, dass Marco und ich nicht nur eine offene Beziehung vereinbart hatten, sondern auch in unterschiedlichen Städten wohnten – er in Hamburg, ich damals noch in Hannover. Auf die Weise hatte man einen gewissen Abstand, der auch das Nachdenken erleichterte. Abstand war für so etwas immer gut.

Ich surfte in diesen Tagen viel bei Joyclub. Marco und ich hatten in diesem Erotikforum kein Paar-Profil (das wollte er aus unerfindlichen Gründen nicht), sondern jeder einen Soloaccount. Auch damit ging es mir zunehmend gut. Ich hatte einfach das

Gefühl, selbstständiger zu sein. Marco war zwar nicht der Typ Mann, der seine Partnerin kontrollieren würde, aber ich empfand es dennoch als ein Stück Freiheit, ein eigenes Profil auf diesem großen erotischen Tummelplatz zu haben.

Gegen Ende dieser Woche schickte Marco mir bei Joyclub den Link eines Paares mit der Bemerkung, dass ich mir die beiden Menschen doch einmal anschauen solle. Mehr nicht. Sehr wahrscheinlich war er davon ausgegangen, dass genau das passieren würde, was dann auch tatsächlich passierte: Mir fiel der Datewunsch ins Auge, den dieses Paar in seinem Profil formuliert hatte:

Bald ist das Jahr zu Ende – und den Beginn des neuen Jahres wollen wir mit euch feiern.

Wo? Auf beiden Etagen und in allen Räumen unserer großen Maisonette-Wohnung in Hamburg. Schlafzimmer, Gästezimmer und Arbeitszimmer stehen ebenso zur Verfügung wie das Wohnzimmer und unser Spielzimmer unter dem Dach.

Wer? Ihr – sofern ihr Gruppensex und Partnertausch mögt und uns überzeugt, dass ihr zu uns passt. Eingeladen sind vor allem Paare, aber auch Frauen und Männer, sofern dabei kein allzu großer Herrenüberschuss entsteht.

Dresscode: Anfangs stilvoll, später FKK.

Spielregeln: Alles ist erlaubt, was gefällt und niemandem schadet.

Kein Herrenüberschuss? Schade eigentlich, dachte ich innerlich schmunzelnd. Andererseits vielleicht auch ganz gut. Bei einem unserer Clubbesuche gab es einen ziemlichen Männerüberschuss – und das hatte irgendwann doch etwas genervt. Kaum waren wir an jenem Abend als Paar auf der Matte, bildete sich eine Traube Menschen, die ausschließlich aus Männern bestand, die mitspielen wollten – und das zum Teil auch ungefragt versuchten. Insofern war das schon eine ganz gute Ansage in diesem Datewunsch für Silvester.

Ich sah mir das Profil der beiden Gastgeber jener Party genauer an. Er war 49, sie 42, und beide wirkten nicht hässlich auf den öffentlich sichtbaren Bildern. Er hatte zwar einen sichtbaren Bauchansatz, aber es hielt sich noch in Grenzen. In einem weiteren (ebenfalls öffentlich einsehbaren) Fotoalbum waren Bilder zu sehen, auf denen die Vorliebe dieses Paares für Gruppensex deutlich erkennbar war. Dass die beiden in ihrem Profil „Intensive Swingererfahrungen" angeklickt hatten, wunderte mich nicht. Bei mir selbst stand da „Erste Erfahrungen". Vielleicht sollte ich das mal auf die Stufe „Ja" anheben, überlegte ich. Gerechtfertigt wäre das inzwischen auf jeden Fall. Mal sehen.

Ich blieb eine ganze Weile an dem Profil dieser beiden intensiven Swinger hängen. Mir gefielen nicht nur die Bilder, sondern auch die Texte, die sie verfasst hatten. Sie waren witzig und enthielten keine bösen Rechtschreib- oder Grammatikfehler – das deutete nicht nur auf charmante, sondern auch auf intelligente Menschen hin. Charme und Esprit waren mir wichtiger als eine perfekte Figur. In ihrem Event gab es eine Gästeliste, in die bereits 22 Menschen eingetragen waren – vor allem Paare, aber nicht nur. Vom Alter her war die Gruppe bunt gemischt, aber fast alle waren zwischen 30 und 50. Nur ein Paar entdeckte ich, das jünger war als 30. Marco (damals 39) und ich (36) wären also ziemlich im Altersschnitt dieser Gruppe – wenn wir mit diesen Menschen Silvester feiern würden.

Falls mein Freund beabsichtigt hatte, meine Neugierde für diese Privatparty zu wecken, dann hatte er damit Erfolg gehabt. Swingend ins neue Jahr? Der Gedanke war reizvoll. Ich schickte dem Paar eine kurze Mail und fragte, ob die Anmeldeliste noch offen sei. Die Antwort kam prompt und war ausgesprochen charmant:

„Für schöne Frauen doch immer."

Bevor ich eine erneute Mail abschicken konnte, erhielt ich eine Einladung zum Chat – und nahm sie an. Eigentlich hatte ich erwartet, auf den Mann dieses Paares oder auch auf beide zu treffen, aber es war ausschließlich die Frau online.

Ich: Hier bin ich
Sie: Hi, schön von dir zu lesen. Wie heißt du?

Ich: Nina – und du?

Sie: Yvonne

Ich: Freut mich

Sie: Mich auch. Du möchtest zu unserer Silvesterparty kommen?

Ich: Wenn ich euren Vorstellungen entspreche, dann würde ich das erwägen

Sie: Noch ein paar Solo-Frauen hätten wir gern dabei. Und da mein Mann auf junge, schlanke Frauen mit großen Oberweiten steht, wärst du perfekt

Ich: So jung bin ich doch gar nicht

Sie: Aber jünger als ich und deutlich jünger als er

Ich: Außerdem bin ich nicht unbedingt als Solo-Frau unterwegs

Sie: Ach so?

Ich: Mein Freund und ich haben jeweils ein Solo-Profil hier. Aber wir swingen gemeinsam

Sie: Warum habt ihr dann kein Paar-Profil?

Ich: Will er nicht. Aber ich dränge ihn auch nicht

Sie: Gute Einstellung. Mit Drängen erreicht man oft das Gegenteil

Ich: Denke ich auch. Vielleicht kommt er ja selbst mal auf die Idee. Ich warte das ab. Außerdem finde ich zunehmend Gefallen an meinem Solo-Profil und den Möglichkeiten, die ich damit habe

Sie: ☺

Ich: ☺

Sie: Das heißt, du machst auch allein Dates?

Ich: Ist schon vorgekommen

Sie: Also seid ihr eher eine offene Beziehung

Ich: Wenn man das so nennen möchte … Aber ich glaube, wir passen nicht so richtig in eine der üblichen Schubladen

Sie: Klingt so. Macht er denn allein Dates?

Ich: Auch – wenn auch weniger als ich bisher. Aber vielleicht weiß ich ja auch nicht alles

Sie: Das weiß man bei Männern nie

Ich: Da hast du vermutlich recht

Sie: Wie ist denn sein Profilname? Wenn ihr beide zu uns kommt, würden wir ihn uns natürlich auch erst einmal ansehen wollen

Ich: Muss ich ihn erst fragen, ob ich den verraten darf

Sie: Huch

Ich: Das ist eine unserer Verabredungen, und ich halte mich daran. Aber ich kann ihm ja sagen, dass er euch anschreiben soll

Sie: Ja, mach das

Ich: Feiert ihr öfter solche Partys?

Sie: Es ist zumindest nicht die erste dieser Art. Wir lieben Gruppensex. Und mein Mann würde wahnsinnig gern mal wieder eine Frau vernaschen, die unter 30 ist

Ich: Damit kann ich nicht dienen. Ich bin 36

Sie: Habe ich gesehen. Und ob er sich diesen Wunsch erfüllen kann, steht doch sehr in den Sternen. Bisher sind die meisten Anmeldungen über 40

Ich: Ist er enttäuscht?

Sie: Quatsch. Das mit dem Alter ist eher die Macke eines Mannes, der bald 50 wird. Und er weiß selbst, dass das Blödsinn ist. Er wird mit Sicherheit mit jeder Frau an dem Abend Spaß haben, die ihn ranlässt

Ich: Gibt es besondere Spielregeln?

Sie: Eigentlich nicht. Es ist erlaubt, was gefällt. Ansonsten gelten die Regeln, die im Club gelten: Eine weggeschobene Hand ist ein Nein und so weiter. Na, du weißt schon

Ich: Darf ich eure Gesichter sehen?

Sie: Klar, ich mache dir das entsprechende Album auf. Zeigst du dich bitte auch?

Ich schickte Yvonne ein Bild, auf dem mein Gesicht zu erkennen war und betrachtete die Gesichter-Galerie der beiden. Sie gefielen mir, und ich beschloss, dass ich zu dieser Party gehen wollte, falls sie Marco und mich einladen sollten – was am nächsten Tag bereits der Fall war. Nachdem ich Marco von meinem Chat mit Yvonne erzählt hatte, hatte er sie und ihren Mann umgehend angeschrieben. Alles andere hätte mich auch gewundert.

Als wir an diesem Silvester-Abend im Aufzug standen, spürte mich meinen Herzschlag. Ich hatte das Gefühl, dass er sich mit jeder Etage, die wir nach oben schwebten, immer mehr beschleunigte. Ich betrachtete mich noch einmal in dem großen Spiegel des Aufzugs. Hatte ich das richtige Outfit gewählt? Saßen meine Haare gut? War ich zu stark geschminkt? Nein, dazu neigte ich normalerweise auch nicht.

„Du siehst perfekt aus", sagte Marco mit einem liebevollen Lächeln.

Offensichtlich wusste er ziemlich genau, was mir durch den Kopf ging, als ich mich mit kritischem Blick in diesem Aufzugspiegel musterte.

Perfekt? Das war ein großes Wort. Aber ich war ihm trotzdem dankbar für diesen Satz, mit dem er mich zum Lächeln brachte.

Stilvoll sollte das Outfit sein. So war die Ansage in der Einladung, die Yvonne und Karsten formuliert hatten. Aber unter stilvoll konnte man ja alles mögliche verstehen. Das hätte auch ein langes Abendkleid für den Opernbesuch sein können. Für eine Swinger-Party wäre das aber mit Sicherheit overdressed gewesen. Ein bisschen sexy durfte es schon sein. Aber wie sehr? Diese Frage hatte ich mir zwischen Weihnachten und Silvester immer wieder gestellt. Am Ende entschied ich mich für ein eng anliegendes, blaues Minikleid mit Netzstrümpfen und farblich passenden Pumps. Darunter einen

String und einen BH, der mehr von meinen Brüsten zeigte, als er verbarg. Allerdings war ich mir nicht sicher, ob irgendjemand diese Kleidungsstücke überhaupt groß zu Gesicht bekommen würde. Schließlich lautete die Ansage zum Dresscode: anfangs stilvoll, später FKK. Was eigentlich schade war. Ich mochte diese Dessous. Ich hatte sie bei einem Clubbesuch vor einigen Wochen getragen und die Blicke der Männer sehr genossen.

Aber wie war die Ansage für diese Nacht eigentlich gemeint? Gab es irgendwann einen Gong, und alle sollten sich dann ausziehen? Man würde sehen.

Männer hatten es bei Kleidungsfragen stets leichter: Marco trug einen eleganten, dunkelblauen Anzug mit hellblauem Hemd darunter. Auf eine Krawatte hatte er verzichtet, obwohl ihm so etwas ziemlich gut stand. Aber so wirkte er elegant und trotzdem sportlich-leger. Dazu seine kurzen schwarzen Haare und der Dreitagebart: Ich war mir sicher, dass er bei den anwesenden Damen guten Erfolg haben würde – zumal er ja auch zu den Männern zählte, die eine Frau auf charmante Art und Weise zum Lachen bringen konnten. Smalltalk mit Fremden beherrschte er großartig, wie ich bei unseren bisherigen Clubbesuchen mehrfach festgestellt hatte. Kontaktaufnahme mit fremden Menschen war überhaupt kein Problem für ihn. Ich war da meist etwas zurückhaltender, wenngleich auch ich normalerweise nicht auf den Mund gefallen war. Aber ich war längst nicht so offensiv wie er, wenn es darum ging, Menschen kennenzulernen.

Das Stoppen des Aufzugs riss mich aus meinen Gedanken. Ich sah Marco an, wir nickten beide und traten auf den Flur. Es war die oberste Etage des großen Wohngebäudes, die der Aufzug erreichen konnte. Darüber war nur noch ein Dachgeschoss, wie ich später erfuhr. Marco drückte auf den Klingelknopf, die Wohnungstür öffnete sich umgehend. Yvonne und Karsten begrüßten uns mit herzlichen Umarmungen – gerade so, als seien wir gute alte Freunde. Wir hängten unsere Mäntel an die bereits gut gefüllte Garderobe und folgten unseren Gastgebern ins Wohnzimmer, wo sich bereits zahlreiche Menschen befanden – redend, lachend und Sekt trinkend. Wir waren wohl nicht die letzen Gäste, aber die meisten anderen waren schon da.

Der Raum war groß und freundlich gestaltet. Was mich besonders faszinierte, waren eine Treppe, die aus dem großen Wohnzimmer heraus ins Obergeschoss der Maisonette-Wohnung führte, sowie ein großer Gaskamin, der an der Stirnseite des Raumes eine wohlige Atmosphäre verbreitete. Ich konnte gar nicht anders, als mich umgehend vor diesen Kamin zu stellen und die Wärme zu genießen, die er abstrahlte. Unsere Gastgeber boten uns Sekt an, blieben aber nur für einen kurzen Smalltalk bei uns, weil die Wohnungsklingel erneut ertönte.

Dafür gesellten sich drei Menschen zu uns, die sich als Melanie, Martin und Timo vorstellten. Melanie und Martin waren verheiratet, Timo war seit geraumer Zeit ihr Hausfreund, wie wir erfuhren. Also offenbar doch ein leichter Männerüberschuss, dachte ich – und musste meinen Gedanken im nächsten Augenblick revidieren, als unsere Gastgeber mit dem nächsten Paar das Wohnzimmer betraten: zwei Frauen. Ich versuchte mich zu erinnern, ob ich dieses Paar in der Anmeldeliste gesehen hatte, kam aber zu keinem Ergebnis. Vielleicht hätte ich mir diese Liste doch etwas genauer ansehen sollen.

„Wart ihr schon mal bei einer Party hier?", fragte Martin.

„Nein", entgegnete Marco. „Yvonne und Karsten veranstalten so etwas öfter?"

„In diesem großen Rahmen ein- oder zweimal im Jahr. Wir waren auch letztes Silvester hier. War ein ziemlicher Knaller."

„Das heißt, die meisten hier kennen sich?", hakte ich nach.

„Nein, ich glaube nicht. Manche waren schon einmal hier, manche auch nicht. Yvonne und Karsten kennen aber wohl zumindest viele hier."

„Uns nicht", entgegnete ich. „Wir kannten uns bisher nur von Joyclub."

„Da seid ihr sicher nicht die Einzigen. Soweit ich verstanden habe, haben sie mehrere Paare eingeladen, mit denen sie lediglich virtuellen Kontakt hatten."

Ich ließ meine Blicke durch den Raum schweifen und stellte fest, dass die Ansage zum Dresscode recht unterschiedlich umgesetzt worden war. Die Männer waren fast durchweg im Anzug erschienen, einige von ihnen sogar mit Krawatte. Alle Frauen trugen Kleid oder Rock, ausnahmslos kurz oder auch sehr kurz. Bei einer Frau ging das Kleidchen schon in Richtung Club-Outfit. Stilvoll konnte man eben doch recht unterschiedlich interpretieren. Eine andere Frau trug eine dünne, beinahe durchsichtige Bluse und erkennbar keinen BH darunter. Ihre mittelgroßen, schön geformten Brüste waren ein Hingucker – nicht nur für männliche Augen. So ein Outfit hätte ich ebenfalls eher in einem Swingerclub erwartet. Stilvoll wirkte es trotzdem – auf eine sehr besondere Art und Weise.

Auch Melanie, die sich mit ihren beiden Männern zu uns an den Kamin gesellt hatte, trug eine Bluse, die tiefe Einblicke erlaubte. Sie hatte zwar nicht auf den BH verzichtet, aber mit ihrem weit ausgeschnittenen Dekolletee zeigte sie doch viel Haut – wesentlich mehr als ich. Dafür allerdings waren meine Brüste größer als ihre – was auch ohne tiefen Ausschnitt bei meinem eng anliegenden Kleid auf den ersten Blick erkennbar sein würde. Das hatte mir der Aufzug-Spiegel vor ein paar Minuten noch einmal bestätigt.

Ich ertappte mich dabei, wie ich mich mehrfach mit anderen Frauen verglich. Das hatte ich auch bei unseren Besuchen in den Swingerclubs immer wieder getan. Eigentlich war das Unsinn, aber da konnte ich nun mal nicht aus meiner Haut. Ich tat es ganz einfach. Betrachtete mein Freund die anderen Männer eigentlich auch mit diesem vergleichenden Blick? Ich würde ihn das bei Gelegenheit einmal fragen.

Irgendwann nahm ich laute Stimmen aus dem Flur wahr. Ich konnte nicht verstehen, was gesprochen wurde, aber es klang konfliktär. Deutlich vernehmbar war dann aber die laut krachend ins Schloss fallende Wohnungstür. Im nächsten Augenblick kam Gastgeber Karsten kopfschüttelnd ins Wohnzimmer zurück. Ich sah ihn fragend an, und er gesellte sich zu uns.

„Gabs Probleme?", fragte Marco, dem der Lärm im Flur ebenfalls aufgefallen war.

„Keins, das sich nicht lösen ließ", erwiderte er achselzuckend.

Aber erst, als er wahrnahm, dass alle in der kleinen Runde ihn fragend ansahen, fuhr er fort:

„Da hatte sich jemand mit einem Paarprofil angemeldet und ist dann allein erschienen."

„Ein männlicher Jemand?", fragte Martin.

„Ja. Er meinte, seine Frau sei plötzlich erkrankt, und habe ihm aber erlaubt, allein zu unserer Party zu kommen."

„Ein alter Trick", murmelte Marco.

„Ganz genau", bestätigte Karsten. „Ich frage mich, wie manche Männer noch immer glauben, dass das funktioniert. Jedenfalls habe ich ihm gesagt: So nicht! Daraufhin ist er ausfallend geworden, bevor ich ihn rauswerfen konnte."

Ich hatte von diesem Trick in einer Joyclub-Gruppe gelesen. Offenbar gab es in dem Erotikforum einige Paar-Profile, hinter denen tatsächlich nur ein Solomann steckte. Die Frauen dieser Männer hatten sich zwar teilweise sogar an der Echtheitsprüfung beteiligt, ihren Schatz dann aber später mit dem Profil alleingelassen – aus welchen Gründen auch immer.

„Keine schöne Energie für den Start des Abends", sagte ich.

Karsten zuckte mit den Schultern: „Mit so etwas muss man rechnen, wenn man eine so große Party veranstaltet und nicht alle vorher kennengelernt hat. Das schütteln wir ab."

„Oder wir ficken es ganz einfach weg", warf Marco grinsend ein – womit er die kleine Runde zum Lachen brachte.

Ich fand die Bemerkung für die Smalltalk-Runde zu Beginn einer solchen Party zwar etwas sehr direkt, aber offenbar war ich mit meiner Wahrnehmung allein. Alle anderen empfanden Marcos Bemerkung offensichtlich als lustig. Irgendwie war sie das ja auch. Zudem hatte er seinen Einwurf mit einem netten Tonfall und einem charmanten Schmunzeln untermalt.

Es klingelte erneut und Karsten entschwand wieder Richtung Flur. Er und Yvonne kehrten kurz darauf mit einem Paar zurück, das offensichtlich aus den jüngsten Teilnehmern der Party bestand. Ich erinnerte mich an ein Profil in der Anmeldeliste, in dem die Frau 24 und ihr Partner 26 Jahre alt waren. Ich vermutete sehr stark, dass das die beiden waren. Wäre ich wohl im Alter dieser jungen Frau schon so mutig gewesen, zu einer Gruppensex-Party zu gehen? Ich konnte es mir nicht so recht vorstellen. Diese kleine, schlanke, beinahe zierliche Frau allerdings strahlte sehr viel Selbstsicherheit aus und schien die vielen Blicke zu genießen, die sich auf sie richteten. Die Menschen waren doch sehr unterschiedlich. Aber das war ja auch gut so.

Als auch diese Neuankömmlinge ihren Sekt in Händen hielten, stellten sich Yvonne und Karsten auf die zweite Stufe der Treppe. Er klopfte mit einem Löffel gegen sein Glas und wartete geduldig ab, bis die Gespräche vollständig verstummt waren.

„Schön, dass wir alle da seid", begann unser Gastgeber seine Begrüßung. „Naja, fast alle. Wir sind zwei weniger als angemeldet. Aber über Fake-Profile wollen wir uns jetzt mal nicht weiter den Kopf zerbrechen. Einige von euch waren ja schon hier und kennen sich aus. Für alle anderen: Fühlt euch bitte frei, jeden Winkel unserer Wohnung zu erkunden. Die Party soll eine Party in allen Räumen sein. Ihr dürft überall aktiv werden – nicht nur in unserem Spielzimmer oben unter dem Dach. In der Küche haben wir ein Buffet aufgebaut, das ab sofort eröffnet ist. Wer sich an unseren Kosten dafür beteiligen möchte, kann gern einen Beitrag in beliebiger Höhe in das Sparschwein stecken, das auf der Fensterbank in der Küche steht – natürlich nur, damit die anwesenden Herren auch noch etwas anderes irgendwo hineinstecken können."

Das war zwar nur begrenzt meine Art von Humor, aber ich musste trotzdem wie alle anderen über die Bemerkung lachen. Ansonsten empfand ich die Art und Weise, wie die Gastgeber mit den Kosten für diesen Abend umgingen, extrem entspannt und großzügig. Aber ganz offensichtlich waren sie ja auch alles andere als arme Menschen. Ihre stilvolle und große Wohnung in einer ziemlich guten Lage mitten in Hamburg deutete jedenfalls auf ein recht gutes Einkommen hin.

„Ansonsten gilt heute Nacht", fuhr Karsten fort: „Erlaubt ist, was Spaß macht und niemandem schadet."

Das empfand ich als ein ganz schönes Motto, mit dem ich mich gut anfreunden konnte.

„Eins noch", fügte Yvonne hinzu, als das allgemeine Gemurmel gerade wieder beginnen wollte: „Es stehen überall Schälchen mit Kondomen – für alle, die in dieser Nacht Kondome benötigen."

Ich musste schmunzeln über die Bemerkung. Zu der Party waren ausschließlich Menschen eingeladen, die in ihrem Joyclub-Profil eine Vorliebe für Partnertausch mit Geschlechtsverkehr erkennen ließen – PT mit GV, wie das in diesem Forum allgemein bezeichnet wurde. Insofern erübrigte sich Yvonnes kleiner Nachsatz ja eigentlich. Es war doch davon auszugehen, dass alle Anwesenden Partnertausch wollten – und somit auch die kleinen Gummis benötigen würden.

Ich sollte erst später verstehen, dass dieser Nachsatz etwas anders gemeint war, als ich ihn verstanden hatte.

„Es stehen auch überall kleine Papierkörbe", fuhr Yvonne fort. „Bitte seid so lieb und werft benutzte Gummis in den Abfall und steckt sie nicht in eine Sofaritze oder dergleichen."

Die Ansage der Hausfrau, schoss es mir durch den Kopf. Eigentlich war das ja eine Selbstverständlichkeit. Aber möglicherweise hatten Yvonne und Karsten auch schon andere Erfahrungen gemacht bei ihren Partys.

Ein bisschen erschien mir das, was nun folgte, wie der Beginn eines Abends im Swingerclub. Die Party war offiziell eröffnet – und alles drängte sich

Richtung Küche. Obwohl die einen gemeinsamen Raum mit dem Esszimmer bildete und somit recht groß war, war sie dennoch zu klein für alle anwesenden Gäste. Denn das waren immerhin fast 40 Personen. Marco und ich blieben deshalb erst noch eine Weile am Kamin und beobachteten die anwesenden Menschen.

„Na", fragte ich ihn. „Schon eine Favoritin entdeckt?"

„Nicht wirklich", entgegnete er. „Das Angebot ist groß und verlockend."

Da konnte ich ihm nicht widersprechen. Unsere Gastgeber hatten bei der Auswahl ganz offensichtlich auf Attraktivität geachtet. Im Swingerclub traf man auch immer wieder auf Menschen, bei denen mich der Gedanke gruselte, deren Hände (oder auch mehr) zu spüren. Hier war das anders. Natürlich waren die Männer und Frauen sehr unterschiedlich und auch unterschiedlich attraktiv. Aber auf eine gedankliche No-Go-Liste hätte ich niemanden setzen müssen.

Möglicherweise würde sich das ja noch ändern, wenn ich mich mit diesem oder jenem Mann länger unterhalten hatte. Manche Menschen wurden erst unangenehm, wenn sie den Mund aufmachten. Das hatte ich schon mehrfach erlebt – in meinem normalen privaten Umfeld, wie im Beruf, wie auch im Swingerclub.

„Du du?", kam nun Marcos unvermeidliche Gegenfrage. „Hast du schon einen Favoriten?"

„Nicht nur einen", entgegnete ich – was durchaus der Wahrheit entsprach.

„Nämlich?"

„Der Blonde da drüben wäre mein Fall. Und der Mann in dem gestreiften Anzug am Fenster auch. Ach ja, und Timo natürlich."

„Timo?"

„Der Mann, der als Hausfreund mit einem Paar hier ist. Wir haben uns doch vorhin mit den dreien unterhalten."

„Ach der. Ich hatte nur den Namen vergessen."

„Ja, der. Der sieht schon ziemlich appetitlich aus. Groß, offenbar ganz gut trainiert, schwarze Haare, Dreitagebart – so etwas mag ich."

„Ich weiß", erwiderte Marco schmunzelnd und ließ sehr betont seine Finger über seinen eigenen Dreitagebart streichen.

Tatsächlich hatten er und besagter Timo eine ähnliche Erscheinung. Und Marco wusste genau, dass das der Typ Mann war, bei dem ich liebend gern schwach wurde.

„Wo ist er denn?", fragte er und ließ seinen Blick durch den Raum wandern.

„Da drüben", entgegnete ich. „Ich denke, mit ihm werde ich heute Nacht irgendwann ficken."

„Also doch den Favoriten entdeckt", schmunzelte er.

Ich zuckte mit den Achseln und nahm Timo fester in den Blick. Offensichtlich bemerkte er es aber nicht, sondern verschwand in diesem Moment in die Küche, die sich mittlerweile wieder so halbwegs leerte. Jedenfalls saßen oder standen eine ganze Reihe von Menschen mit gefüllten Tellern im Wohnzimmer und aßen. Offenbar hatte auch Timo den ersten Ansturm abgewartet.

„Wo ist denn sein Paar, mit dem er hier ist?", überlegte ich laut.

„Da drüben", sagte Marco und deutete dezent auf eine Sofaecke, wo Melanie und Martin saßen und aßen – ins Gespräch vertieft mit einem anderen Paar.

„Offenbar haben die drei nicht die Absicht, den gesamten Abend zu dritt zu verbringen", stellte ich fest.

„Warum auch?", erwiderte Marco achselzuckend.

„Und wir?", fragte ich zurück. „Wie wollen wir es halten?"

„Wie hättest du es denn gern?"

„Wir können uns auch gern ein wenig separieren, wenn du magst."

„Nichts dagegen."

„Gut, dann schaue ich jetzt auch mal in die Küche. Bis später."

Marco nickte und ich ließ ihn am Kamin zurück.

Bei unseren bisherigen Swingerclub-Besuchen hatten wir die Nächte meist nahezu komplett gemeinsam verbracht. Auch wenn wir Sex mit anderen hatten (und das hatten wir zuweilen ausgiebig), waren wir doch immer irgendwie zusammen – zumindest in Sichtweite. Das war mir auch sehr lieb gewesen – vor allem bei unserem ersten Erlebnis dieser Art.

Hier bei dieser Party hatte ich aber das Gefühl, dass wir nicht die ganze Zeit als Paar verbringen mussten. Das war eine private Veranstaltung – wenn auch eine recht große. Doch ich hatte das Gefühl, dass dies hier irgendwie ein geschützter Rahmen war, in dem so etwas leichter möglich war – jedenfalls für mein Empfinden. Auch andere Paare schienen das so zu sehen. Jedenfalls hatte ich den Eindruck, dass sich die Paarstruktur, die anfangs in der Smalltalkphase noch vorherrschend war, zumindest teilweise auflöste.

In der Küche war nicht mehr viel los, als ich sie nun betrat. Nur am großen Esstisch saßen ein paar Menschen – offenbar sehr ins Gespräch vertieft. Timo steckte soeben einen zusammengefalteten Geldschein in das große Sparschwein auf der Fensterbank und wechselte dann zum Buffet. Er probierte hier und da und hatte mich wohl noch nicht bemerkt. Für einen Augenblick sah ich ihm zu, dann gesellte ich mich zu ihm.

„Na, wie ist das Angebot?", fragte ich.

„Das Angebot ist beeindruckend", entgegnete Timo, sah mir in die Augen und ließ seinen Blick dann langsam abwärts zu den weiblichen Wölbungen in meinem Kleid wandern.

Ich musste schmunzeln. Ein wenig geflirtet hatten wir ja auch schon vorhin am Kamin. Nun wurde der Mann deutlicher. Aber dies war ja auch eine Sexparty – oder sollte es zumindest werden. Da durfte man auch mal solche Anspielungen machen. Das war einer der Momente, in denen ich stolz war auf meine große Oberweite – wenngleich die noch immer in Kleid und BH eingezwängt war. War Timo der Mann, der sie an diesem Abend freilegen würde?

„Was würdest du empfehlen?", fragte ich ihn jedoch zunächst und ließ meinen Blick über die Speisen wandern.

„Einen Raum mit bequemeren Möbeln", entgegnete er.

Machte er verbale Spielchen oder wollte er mich tatsächlich direkt abschleppen? Ich war mir nicht sicher. Aber ich war auch nicht bereit, derart schnell darauf einzugehen. Ein bisschen mehr sollte er sich schon bemühen müssen, wenn er mir an die Wäsche wollte – auch wenn ich diesen Gedanken ja selbst als ausgesprochen reizvoll empfand.

So nahm ich mir einen Teller und griff zu Baguette, Salat, Käse und Rotwein – obgleich ich gar nicht sonderlich Hunger hatte. Timo verfolgte meine Aktion mit aufmerksamen Blicken, und kurz darauf saßen wir beide mit unseren gefüllten Tellern am großen Esstisch – über Eck und nah zusammen.

Für einen Augenblick wurde ich abgelenkt, als Marco hereinkam – gemeinsam mit den beiden Frauen, die als Paar erschienen waren. Wir zwinkerten uns kurz zu, dann war ich wieder bei Timo und bei meinem Essen.

„Wie es scheint, will dein Mann die beiden Lesben abschleppen", raunte Timo mir leise zu.

„Wir sind nicht verheiratet", entgegnete ich. „Wir haben mehr so etwas wie eine offene Beziehung."

„Spannend", entgegnete er.

„Sind die beiden lesbisch?", hakte ich nach.

„Ich glaube, in ihrem Joyclub-Profil stand bi. Sonst wären sie bei dieser Party auch fehl am Platz. Dein Freund wird sicher eine Chance haben bei den beiden."

„Die beiden Frauen haben ein gemeinsames Profil?"

„Ja, hast du dir die Anmeldeliste denn nicht angesehen?"

„Doch, aber wohl nicht sorgfältig genug."

„Die beiden Ladys stehen auch erst seit gestern auf der Liste."

Dann hatte ich sie deshalb dort nicht entdeckt. Ich hatte mir zwar mehrfach die Anmeldungen angesehen, aber nicht jeden Tag. Bei Timo war das wohl anders.

Wir vertieften uns in ein Gespräch über das Erotikform und unsere Erfahrungen dort. Ich empfand es als sehr angenehm, dass der Mann sich auf mein etwas langsameres Tempo einließ. Ich beschloss, dass ich ihn dafür belohnen würde.

Irgendwann griff er zu der letzten Olive, die sich auf seinem Teller befand, betrachtete sie, sah mich an und steckte sie mir in den Mund. Ich nahm sie und aß sie sehr langsam, während ich ihn mit einem Blick belegte, den er womöglich als sinnlich wahrnehmen würde.

„Und ich dachte schon, du wolltest heute Abend nur Geldscheine in Sparschweine stecken", sagte ich.

„Oh nein, da fällt mir noch so manches anderes ein."

„Was denn zum Beispiel?"

Statt einer Antwort legte er mir eine Hand auf meinen Oberschenkel und ließ sie unter mein Kleid wandern. Das war zwar relativ eng, aber er kam doch bis zum Ansatz meiner halterlosen Strümpfe.

„Wie wäre es denn jetzt mit einem Ortswechsel?"

„Haben unsere Gastgeber nicht gesagt, wir dürfen überall aktiv werden?"

Timo wirkte überrascht, aber er sah sich um. Offenbar hatte er meine Bemerkung ernst genommen.

„War nur ein Scherz", sagte ich schmunzelnd, stand auf und reichte ihm die Hand. „Ich glaube, das Esszimmer reizt mich dann doch nur sehr begrenzt.

Jedenfalls wenn es um andere Dinge geht als ums Essen."

Als wir zurück ins Wohnzimmer kamen, stellte ich fest, dass hier jetzt ein ganz anderes Licht herrschte als vorhin. Abgesehen von mehreren Kerzen war der Gaskamin mit seiner großen Flamme die einzige Lichtquelle. Alles war in ein schwaches und warmes Licht getaucht – auch die vögelnden Menschen im Raum. Die Party hatte inzwischen mächtig Fahrt aufgenommen. In mehreren Sitzecken waren nackte und halbnackte Menschen zu sehen, andere waren jedoch noch vollständig bekleidet. Es gab also weder einen Gong noch sonst irgendetwas, das den Wechsel des Dresscodes anzeigte. Es galt eher: Jeder wie er oder sie mochte.

Eine Frau, in roten Halterlosen und ebenfalls roten Pumps (und sonst nichts) kniete vor einem Sessel in dem ein nackter Mann saß, dessen Schwanz tief in ihrem Mund verschwunden war. Ich kannte den Mann: Es war unser Gastgeber Karsten. Die Frau war mir bisher nicht aufgefallen. Auch nicht die nackte Frau auf seiner Sessellehne, mit der er währenddessen knutschte.

Vor dem Kamin standen ein Mann und eine Frau, die noch vollständig bekleidet waren. Aber ich hatte den Eindruck, dass sich das bald ändern würde. Die beiden knutschten heftig miteinander, der Mann hatte seine Hände unter dem Rock der Frau und knetete hingebungsvoll ihren Po. Auf dem Sofa kniete eine Frau, dahinter ein Mann, der sie von hinten nahm. Überall im Wohnzimmer tobte die Orgie. Marco konnte ich allerdings nicht entdecken.

„Kein Platz", murmelte Timo, nahm meine Hand und zog mich in den Flur.

Platz wäre eigentlich durchaus noch gewesen, wenn man sich irgendwo dazugesellt hätte. Aber offenbar wollte der Mann etwas mehr Intimität mit mir. Das empfand ich als Kompliment.

Timo öffnete eine der Türen, und wir standen am Eingang eines großen Schlafzimmers. Hier entdeckte ich Marco mit dem Frauen-Paar. Timo hatte also recht gehabt: Mein Freund hatte bei den beiden Ladys landen können. Allerdings nicht nur er. Es waren insgesamt drei Männer und zwei Frauen in dem Durcheinander auf dem großen Bett. Eine der Frauen wurde von einem der Männer geleckt, während die einen anderen Mann blies. Marco kniete hinter der anderen Frau und nahm sie von hinten. Offensichtlich bemerkte uns niemand und wir schlossen die Tür wieder von außen.

Die nächste Tür stand offen. Das Zimmer war offenbar ein Arbeitszimmer. Es gab einen großen Schreibtisch – aber auch ein Schlafsofa, das ausgeklappt war. Auch hier herrschte eine angenehme Atmosphäre. Der Raum war gut geheizt und lediglich von ein paar flackernden LED-Kerzen beleuchtet. Auch hier war das Licht warm und weich, im

Hintergrund lief leise dieselbe sphärische Musik wie in Wohn- und Schlafzimmer.

Hier war niemand. Kaum waren wir in dem Zimmer, umarmte ich Timo und küsste ihn. Im ersten Moment schien er überrascht zu sein – was nun wiederum mich überraschte. Durfte nicht auch die Frau die Initiative ergreifen? Ich hatte ihn beim Essen doch lange genug zappeln lassen.

Als sich unsere Lippen wieder voneinander lösten, hatten wir es eilig, aus unseren Sachen zu kommen. Timo war umgehend nackt, ich behielt noch meine Halterlosen und meinen String an. Den durfte er mir gern ausziehen, wenn es soweit war. Ich liebte es schon immer, wenn ein Mann mich vom Slip befreite und mir damit zeigte, dass er mich nun ganz wollte.

Ich setzte mich auf die Kante des ausgeklappten Sofas und griff nach seinem Schwanz. Ganz steif war er noch nicht, aber das änderte sich in meinem Mund sehr schnell. Seine Männlichkeit war groß und beeindruckend – vor allem jetzt, wo sie steif und hart wurde. Wie er sich wohl in mir anfühlen würde? Ich war sehr zuversichtlich, dass ich das bald wissen würde.

Allzu lange wollte er sich aber wohl gar nicht von mir verwöhnen lassen. Schade eigentlich. Ich blies ausgesprochen gern. Timo jedoch drückte mich auf das Sofa und lag umgehend zwischen meinen Beinen. Der Mann wollte keinen Oralsex, der Mann wollte ficken. Sein harter Schwanz rieb auf meinem Slip und ich hatte beinahe den Eindruck, dass er den dünnen Stoff ganz einfach durchstoßen wollte. Oh ja, dieser Mann wollte mich!

Ich ließ mich ein auf dieses Spiel mit dem Feuer und genoss das Gefühl, dass zwischen seinem blanken Schwanz und meiner Muschi nur hauchdünner Stoff war – und der wurde zunehmend feuchter.

„Ich will ihn dir reinstecken", flüsterte er und verstärkte seinen Druck noch.

„Ja", entgegnete ich und sah ihm tief in die Augen. „Hast du ein Kondom?"

Für einen Augenblick verharrte er, ich hatte fast den Eindruck so etwas wie Enttäuschung in seinem Blick wahrzunehmen. Hatte er mich etwa blank nehmen wollen? Aber vielleicht war das auch eine falsche Wahrnehmung. Mich hatte dieses Spiel ja auch erregt. Ein Blankfick kam mit diesem immerhin noch immer eher unbekannten Mann aber keinesfalls infrage.

Im nächsten Augenblick war er von mir heruntergerollt und griff zu dem Beistelltisch neben dem Sofa – in ein Schälchen mit Kondomen. Es war, wie unsere Gastgeberin es angekündigt hatte: Überall lagen Kondome aus. Wunderbar.

Ich wusste nicht, ob ich es schon einmal erlebt hatte, dass ein Mann derart schnell ein Gummi über dem Schwanz hatte, wie das bei Timo nun der Fall war. Ich hatte gerade so eben noch Zeit, mich vom

Slip zu befreien (er machte das ja leider nicht für mich), da lag er auch schon wieder zwischen meinen Beinen – und war im nächsten Augenblick in mir.

Sein großer Schwanz drang tief ein. Er nahm mich von Anfang an mit schnellen und harten Stößen. Ich wusste doch, dass ich in dieser Nacht mit diesem Mann ficken würde, schoss es mir durch den Kopf. Wir sahen uns dabei ernst in die Augen. Er hatte einen perfekten Winkel gefunden, sodass er mich erstaunlich schnell zu einem ersten Höhepunkt fickte.

Als er mein relativ stilles Zucken wahrnahm, lächelte er mich zufrieden an. Natürlich gefiel es auch einem Mann, wenn er eine Frau befriedigen konnte. Dass Mutter Natur mich mit einer ausgeprägten Orgasmusfähigkeit gesegnet hatte (und ich im Gegensatz zu vielen meiner Geschlechtsgenossinnen sehr leicht zum Höhepunkt kam), musste ich ihm ja nicht verraten.

Als ich wieder zur Ruhe gekommen war, packte er mich fest und drehte uns um, sodass ich nun oben war. Ich richtete mich auf und begann, auf ihm zu reiten. Dass seine Hände auf meinem Po fest zugriffen, erregte mich zusätzlich. Und dass sein Blick an meinen Brüsten klebte, die mit unseren Bewegungen rhythmisch auf- und niederwippten, empfand ich als Kompliment. Offensichtlich gefiel dem Mann, was er sah.

Seine Hände ließ er nicht lange auf meinem Po. Schade eigentlich. In dieser Stellung mochte ich es sehr gern, wenn ein Mann mein Hinterteil mit einbezog. Aber es wunderte mich auch nicht, dass Timo mit seinen Händen zu meinen Brüsten wanderte und diese fest knetete – beinahe ebenso fest wie zuvor meinen Po.

„Ach hier steckst du", hörte ich plötzlich eine weibliche Stimme im Raum.

Als die Frau, der diese Stimme gehörte, neben dem Klappsofa stand, erkannte ich Melanie – die Frau jenes Paares, deren Hausfreund Timo war.

„Ja", antwortete ich für ihn. „Hier steckt er – tief in mir."

Beide mussten grinsen über meine Bemerkung. Ich blickte mich um, ob auch Melanies Mann mit ins Zimmer gekommen war. Aber von ihm konnte ich nichts entdecken. Dafür aber tauchte ein anderer Mann neben Melanie auf – wer auch immer das sein mochte. Ich hatte ihn vorhin zu Beginn des Abends kurz im Wohnzimmer gesehen, hätte aber nicht sagen können, welche Frau zu ihm gehörte. Es war jedenfalls nicht der Mann jenes Paares, mit dem ich Melanie und ihren Mann vorhin in jener Sofaecke im Wohnzimmer gesehen hatte. Offensichtlich durchmischten sich die Partygäste immer wieder aufs Neue. Alles andere hätte mich bei dieser Art von Party auch gewundert.

Melanie beugte sich zu Timo und küsste ihn. Anschließend richtete sie sich wieder auf und küsste auch mich – während sie eine Hand über meine Brust gleiten ließ. Auch der fremde Mann ließ seine Finger über meine Haut wandern: meinen Rücken, meinen Po, meine Brüste. Beinahe überall spürte ich nun Hände von drei Menschen. Unser Fick entwickelte sich immer mehr zu einem Vierer. Aber warum auch nicht?

Als der fremde Mann mich küsste, umarmte ich ihn – so gut das aus dieser Position heraus möglich war. Ich konzentrierte mich immer mehr auf ihn, und schließlich stieg ich von Timos Schoß. Melanie nahm umgehend meinen Platz ein und setzte sich auf ihn. Ich bekam gerade noch mit, wie sie ihm das Gummi vom Schwanz zog. Die beiden machten es blank. Timo war nicht ihr Mann, aber er war ihr Hausfreund – da war so etwas wohl üblich. Oder?

Ich ließ mich auf den Rücken direkt neben Timo fallen und öffnete dem Fremden meine Beine. Er vergrub seinen Kopf zwischen meinen Oberschenkeln, und ich spürte seine Zunge zwischen meinen Schamlippen. Er leckte mich heftig. Der Druck gegen meinen Kitzler war mir zu intensiv, und ich hielt kurz seinen Kopf fest. Er verstand, was ich ihm mitteilen wollte, und er wurde sanfter. Ja, so durfte er das gern fortsetzen. Auch die beiden Finger, die er mir in die Muschi steckte, fühlten sich geil an.

Als ich meinen Kopf zur Seite drehte, sah ich in Timos Augen. Ich erkannte ein geiles Blitzen darin und konnte gar nicht anders, als ihn zu küssen. Als sich unsere Lippen wieder voneinander lösten, beugte sich Melanie zu mir und küsste mich ebenfalls. Kurz darauf konzentrierten sich die beiden wieder aufeinander.

Die Zunge an meiner Pussy wurde wieder heftiger. Nun aber konnte ich das zulassen. Ich spürte ein leichtes Zittern in mir, das sich zunehmend verstärkte. Diesen Orgasmus musste ich nun aber doch sehr laut herausschreien. Es war einer von der Sorte, die mich von Kopf bis Fuß durchzuckte.

Als ich wieder zur Ruhe kam, tauchte der Mann aus meinem Schoß auf und lächelte mich an. Sein Mund glänzte feucht, sein Schwanz war steif. Ehe er etwas anderes tun konnte, kniete ich mich vor ihn und präsentierte ihm meinen Po. Zu meinem Erstaunen zögerte er ein paar Sekunden, dann aber griff er in das Kondomschälchen und verpackte seinen Schwanz. Kurz darauf war er in mir.

Er nahm mich mit anfangs sanften Stößen, die er aber rasch steigerte. Sein Schwanz war längst nicht so groß wie der von Timo, aber er fühlte sich ebenso geil an in mir. Ich war jetzt derart erregt, dass ich mich vermutlich vollkommen bedenkenlos von irgendeinem der anwesenden Männer hätte ficken lassen. Naja, genau das tat ich ja auch soeben. Ich hatte mit dem Mann, der mich in diesem Moment nahm, noch kein Wort gewechselt. Ich kannte nicht einmal seinen Namen. Aber das war jetzt auch nicht wichtig. Wichtig waren allein seine Stöße in mir und sein fester Griff an meinen Hüften.

Melanies Orgasmusschrei lenkte mich ab. Sie bebte regelrecht, als sie der Höhepunkt schüttelte. Und als der abgeklungen war, setzte sie den Ritt auf Timos Schwanz umgehend fort. Kurz darauf kam auch er in ihr. Die beiden strahlten sich an; die Befriedigung war ihnen deutlich anzusehen.

Nun sahen Melanie und Timo uns aufmerksam zu. Sie stieg von seinem Schoß und legte sich mit geöffneten Beinen so vor mich, dass ich aus nächster Nähe einen Blick auf ihre Muschi hatte. Sie spielte damit und sah mich an. War das eine Aufforderung? Natürlich war es das.

Ich beugte mich in ihren Schoß, sie zog ihre Finger zurück, und ich leckte vorsichtig über ihre Schamlippen, zwischen denen ein wenig von Timos Sperma hervorquoll. Die Geschmacksmischung ihrer Pussy und seines Saftes erregte mich, und ich wurde intensiver. Dass mein Stecher hinter mir seine Bewegungen einstellte und sich dann ganz aus mir zurückzog, nahm ich kaum noch wahr. In konzentrierte mich nun völlig auf Melanies Schoß, leckte ihr immer mehr Timos Sperma heraus und schluckte manches davon. Dass ich Melanie damit zu einem weiteren Orgasmus brachte, empfand ich als wundervoll. Und sie vermutlich auch.

Plötzlich spürte ich eine andere Feuchtigkeit in meinem Gesicht. Der Mann, der mich soeben noch gefickt hatte, kniete neben uns, und machte es sich selbst. Da er sich dafür vom Kondom befreit hatte, schoss sein Sperma im Moment seines Höhepunktes heraus und traf mich im Gesicht. Jedenfalls teilweise. Manches landete auch auf Melanies Bauch und sogar auf ihrer Muschi. Zu meinem Erstaunen zuckte sie nicht zurück, sondern lächelte nur. Ihr Lächeln wirkte beinahe beglückt.

Wäre ich auch mit dem Sperma eines Unbekannten an einer derart intimen Stelle so unbefangen umgegangen? Ich hätte es nicht sagen können. In meinem Gesicht machte mir das nicht aus. Dafür hatte ich sogar eine gewisse Vorliebe. Auch wenn ein Mann in meinem Mund kam, empfand ich das meist als erregend. Aber fremder Saft auf die Muschi? Doch vielleicht waren sich Melanie und der Fremde ja gar nicht so fremd, wie er mir war. Denkbar war das bei dieser Gästeschar natürlich.

Für einen Augenblick zögerte ich, dann aber leckte ich auch dieses Sperma aus Melanies Schoß. Als ich wieder zu ihr sah, lächelte sie mich liebevoll an. Ich legte mich zu ihr und wir küssten uns. Dass die beiden Männer ihre Hände über uns wandern ließen, nahm ich kaum noch wahr. Ich war jetzt nur noch bei Melanie, drückte mich eng an sie und genoss ihren weichen weiblichen Körper.

Irgendwann spürte ich die Hände der Männer auch tatsächlich nicht mehr. Als ich mich umsah, waren sie verschwunden. Ich sah Melanie an und wir zuckten beide mit den Schultern.

„So sind sie, die Männer", sagte sie.

„Wie sind sie denn?", fragte ich.

„Flüchtig."

Mir lag es auf der Zunge, sie nach ihrem unbefangenen Umgang mit fremdem Sperma auf und in sich zu fragen, aber ich ließ es. Ich hatte das Gefühl, dass ich damit die wundervolle Nach-Sex-Stimmung hätte stören können, die uns in diesem Augenblick verband – und die sich im nächsten Moment allerdings auch so auflöste, als Melanie aufstand. Sie gab mir noch einen kurzen Kuss – und dann war auch sie flüchtig. Ich war allein in dem Raum.

Ich sah mich um und entdeckte auf dem Boden zwei benutzte Kondome sowie die aufgerissenen Verpackungen. Soviel also zur Befolgung der Gastgeberbitte. Ich sammelte alles auf und warf es in den kleinen Mülleimer unter dem Tischchen.

Mein Blick fiel auf mein Kleid und meine anderen Sachen. Für einen Augenblick erwog ich, zumindest wieder Slip und BH anzuziehen. Als in diesem Moment zwei nackte Menschen draußen vorbeihuschten, entschied ich mich dagegen. Vielleicht wäre es auch nicht verkehrt, mal kurz unter die Dusche zu hüpfen. So befreite ich mich auch von meinen Halterlosen und packte alle meine Sachen in eine Ecke dieses Zimmers.

Ich fand das Bad, das erfreulicherweise gerade leer war und duschte mich kurz ab. Unsere Gastgeber hatten hier (wie auch in dem anderen Bad eine Etage höher) einen riesigen Berg Handtücher deponiert. Wie im Swingerclub, schoss es mir durch den Kopf. Yvonne und Karsten hatten wirklich an alles gedacht. Am nächsten Tag würden sie viel zu waschen haben.

Nackt kehrte ich ins Wohnzimmer zurück – und stellte fest, dass ich damit dem allgemeinen Dresscode entsprach. Die eine oder andere Frau trug Strümpfe, Pumps oder Slip – aber ich sah keine, die ein Oberteil trug. Die Männer, die ich auf den ersten Blick wahrnahm, waren alle ebenso nackt wie ich es jetzt war – und für den weiteren Verlauf der Party auch zu bleiben gedachte. „Später FKK", hatte es in der Einladung zu dieser Party geheißen. Später – das war jetzt.

Die Party war inzwischen in eine gewisse Ruhephase gekommen. Nur aus der oberen Etage drang in diesem Moment ein weiblicher Orgasmusschrei an meine Ohren. In dem großen Wohnzimmer hingegen fand derzeit kein ernsthafter Sex statt. Lediglich ein wenig softes Streicheln. Offenbar hatten alle bereits einmal (oder vielleicht auch öfter?) Sex gehabt. Hier und da saßen Menschen zusammen und tranken etwas, durch die offen stehende Tür sah ich auch eine gewisse Betriebsamkeit am Buffet in der Küche. Hatte ich auch Hunger? Eigentlich nicht. Ich sah mich nach Marco um, konnte meinen Freund aber nicht entdecken. Suchen wollte ich ihn allerdings auch nicht. So holte ich mir eine Weißweinschorle aus der Küche und gesellte mich zu Melanie, die mit Timo in einer Sofaecke saß. Beide hatten ebenfalls Weingläser in der Hand und schienen sich zu freuen, als ich mich zu ihnen gesellte.

Allerdings wurde die Ruhephase im nächsten Augenblick massiv gestört, als ich eine laute, beinahe hysterische Frauenstimme aus dem Flur vernahm. Gab es etwa schon wieder Ärger mit seltsamen Gästen? Die Tür stand offen, aber ich konnte nicht sehen, wer das Geschrei veranstaltete. Ich konnte lediglich wahrnehmen, dass eine deutlich gedämpftere Männerstimme zu beschwichtigen versuchte – jedoch ohne konkrete Worte verstehen zu können. Offenbar waren die Beschwichtigungsversuche nicht erfolgreich. Jedenfalls hörte man kurz darauf das Knallen der Wohnungstür. Dann war Stille.

Gastgeber Karsten kam aus dem Flur ins Wohnzimmer. Ich sah ihm fragend entgegen, und er zuckte mit den Schultern.

„Nicole und Arne sind gegangen", sagte er, als er bei uns war.

„Das war nicht zu überhören", entgegnete Melanie.

Ich überlegte, ob mir die Namen etwas sagten, kam aber zu keinem Ergebnis.

„Klang nach Stress", sagte ich.

„Ja", bestätigte er. „Sie hat ihm die Sache mit der Tüte verübelt."

Die Tüte? Im ersten Moment stutzte ich. Niemand hier rauchte – schon gar nicht einen Joint. Es sei denn draußen auf dem Balkon, wo ich noch nicht gewesen war.

„Kreisen hier Joints?", fragte ich harmlos.

„Nicht diese Tüte, Schatz", entgegnete Melanie grinsend.

Erst jetzt schaltete ich – und kam mir plötzlich etwas naiv vor. Irgendwie war ich wohl doch noch immer eine Anfängerin in der Swingerszene – ungeachtet der Tatsache, dass Marco und ich uns seit einigen Monaten fröhlich durch diese etwas andere Welt vögelten.

„Mit anderen Worten: Er hat eine andere ohne Kondom gefickt, und sie fand das nicht so toll", hakte ich nach.

„So kann man das zusammenfassen", bestätigte Karsten, der sich nun ungeniert zwischen Melanie und mich auf das Sofa quetschte – ungeachtet der Tatsache, dass da eigentlich gar kein Platz war.

Aber den schuf er sich. Naja, er war der Gastgeber, da musste man ihm das wohl zugestehen.

Er legte uns beiden eine Hand aufs Bein, beugte sich zu Melanie, küsste sie, beugte sich anschließend zu mir und küsste mich ebenfalls. Währenddessen spürte ich seine Finger an meiner Pussy. Beinahe automatisch öffnete ich meine Beine, was er umgehend nutzte, um mir einen Finger zwischen die Schamlippen zu schieben. Als sich unsere Lippen wieder voneinander trennten, entdeckte ich, dass er mit seiner anderen Hand in Melanies Schoß war. Ich sah ihm an, wie er es genoss, zwei Muschis gleichzeitig zu befingern.

Melanie beugte sich in seinen Schoß und nahm seinen Schwanz in den Mund. Der war bisher nicht steif gewesen, in Melanies Mund änderte sich das, wenn auch nicht vollständig. Ich beugte mich ebenfalls in seinen Schoß und löste sie an dem Schwanz ab. Ich legte viel Gefühl in mein Blasen, und es kam mehr Leben in Karstens Männlichkeit. Melanie übernahm erneut, und schließlich hatte Karstens bestes Stück seine volle Größe erreicht.

Natürlich musste man davon ausgehen, dass auch er schon ernsthaft Sex und vermutlich auch schon einen Orgasmus gehabt hatte. Deshalb empfand ich es als vollkommen normal, dass er etwas länger brauchte, bis sein Schwanz unter unseren Liebkosungen vollends steif geworden war.

„Kniet euch aufs Sofa, Mädels!", ordnete er an.

Mädels? Die Ansprache fand ich eigentlich nicht so toll. Aber natürlich stand mir nicht der Sinn danach, das zu thematisieren. Wir waren hier ja nicht bei einer feministischen Versammlung, die die politisch korrekte Ansprache im zwischengeschlechtlichen Umgang diskutierte. Ebenso wie Melanie folgte ich Karstens Anordnung. Dem Gastgeber konnte man (und vor allem: frau) so etwas ja schließlich nicht abschlagen. Wen von uns beiden würde er wohl ficken wollen, fragte ich mich, während ich beim Aufstehen aus dem Sofa in das Kondomschälchen griff und ihm ein Gummi in die Hand drückte. Oder musste die Frage eher lauten: Wen von uns beiden würde er wohl als erste ficken?

Timo, der noch immer bei uns war, hielt sich zurück und sah uns nur zu – das allerdings sehr aufmerksam. Vermutlich wollte er unserem Gastgeber nicht die Freude daran nehmen, zwei Frauen allein für sich zu haben. Ich vermutete ja ebenfalls, dass Karsten genau darauf jetzt aus war.

Kaum streckten Melanie und ich ihm unsere Hinterteile entgegen, war er auch schon hinter mir und in mir. Er fickte mich mit ruhigen, beinahe bedächtigen Stößen. Als ich mich zu ihm umblickte, sah ich, dass er eine Hand zwischen Melanies Beinen hatte und offensichtlich ihre Muschi befingerte.

Kurz darauf wechselte er zu ihr, und ich spürte nun seine Finger an meiner Pussy. Ich hätte nicht sagen können, ob ich erwartet hatte, dass er bei diesem Tausch auch das Gummi wechseln würde. Bei unseren bisherigen Swingerclub-Besuchen hatte ich das so erlebt – und eigentlich hätte ich das auch für normal gehalten. Aber er tat es nicht. Und Melanie forderte ihn auch nicht dazu auf.

Als er kurz darauf erneut zu mir zurück wechselte, ließ auch ich geschehen, dass er mich mit demselben Gummi nahm. Melanie hatte ja auch nicht protestiert, und ich ließ mich von ihrer Leichtigkeit animieren. Erst später fiel mir ein, dass in Melanie ja vermutlich noch immer Timos Sperma steckte. Das hatte ich sicherlich nicht komplett herausgeleckt bei unserem Vierer im Arbeitszimmer. Wirklich safer war das alles nicht. Aber was war schon safer bei einer Gruppensex-Party?

Karsten steigerte jetzt sein Tempo in mir – und brachte mich damit zu einem Orgasmus. Der durchzuckte mich nur ganz sanft, aber ich genoss ihn still für mich. Möglicherweise bekam Karsten ihn kaum mit. Kurz darauf wechselte er abermals zu Melanie und kam schließlich in ihr.

Als wir uns anschließend wieder zu dritt ins Sofa fallen ließen (wobei Karsten erneut den Pascha-Platz in der Mitte einnahm), legte er seine Arme um uns und strahlte uns an:

„Mädels, ihr wart wundervoll", sagte er noch immer etwas außer Atem und mit Schweißperlen auf der Stirn.

Eigentlich hatten wir doch gar nichts gemacht, schoss es mir durch den Kopf. Einfach nur den Po hingehalten. Aber genau das hatte ihm offensichtlich sehr gefallen.

„Dann will ich mich jetzt mal anderen Dingen widmen", setzte er nach und verließ uns.

Anderen Dingen – aha. Waren Melanie und ich für ihn auch „Dinge" gewesen? Ich hatte ja gar nichts dagegen, bei dieser Party für den Gastgeber (oder welchen Mann auch immer) nur eine von vielen zu sein. Aber als „Ding" wollte ich mich eigentlich nicht so gern bezeichnen lassen. Vielleicht hätte er jetzt besser „anderen Mädels" sagen sollen. Aber vielleicht wollte er ja auch nur nachschauen, ob noch ausreichend Kartoffelsalat auf dem Küchentisch stand.

Erst jetzt entdeckte ich Kartens Frau Yvonne, die in der Nähe stand und uns lächelnd zugesehen hatte. Ich zwinkerte ihr zu und sie kam zu uns.

„Wie ich sehe, nutzt mein Mann seinen Gastgeber-Bonus reichlich aus", sagte sie.

„Gastgeber-Bonus?", fragte ich zurück.

„Aber ja. Welche Frau hier würde den Gastgeber denn abweisen? Das wäre zumindest unhöflich."

„Also ich hätte ihn auch rangelassen, wenn er nicht der Gastgeber wäre", wandte Melanie ein.

„Ich auch", fügte ich sofort hinzu.

Das war auch so. Aus Höflichkeit mit einem Mann vögeln? Der Gedanke war absonderlich.

„Trotzdem nutzt er das", fuhr Yvonne fort. „Wenn er könnte, dann würde er vermutlich sämtliche Frauen ficken, die heute Abend hier sind. Aber das schafft selbst mein potenter Mann nicht."

„Zumindest scheint er es zu versuchen", warf Melanie ein.

„Das auf jeden Fall", bestätigte Yvonne lächelnd.

Unsere kleine Runde in der Sofaecke löste sich auf. Mir stand nun doch der Sinn danach, noch eine Kleinigkeit zu essen, und ich ging in die Küche. Das Buffet war zwar schon ziemlich abgegrast, aber ich fand noch ein paar Stücken Weißbrot, Lachs und einige andere Kleinigkeiten, von denen ich direkt am Tresen naschte.

Als nun Marco in die Küche kam, huschte ein Lächeln über mein Gesicht – und über seins ebenfalls. Er umarmte und küsste mich. Er roch frisch geduscht, und seine nassen Haare deuteten ebenfalls darauf hin, dass er soeben aus dem Bad kam. Ich fand es auch bei unseren Swingerclub-Abenteuern schön, dass der Mann an meiner Seite Wert auf Hygiene legte und nach dem Sex eine Dusche benutzte. Ich wusste, dass das leider nicht alle Swinger so hielten. Naja, ich in diesem Moment allerdings auch nicht. Vor ein paar Minuten hatte ich mich vom

Gastgeber ficken lassen – und war dann direkt in die Küche gegangen.

„Wie geht es dir?", fragte er.

„Ziemlich gut", entgegnete ich und strahlte ihn an.

„Viel gevögelt?", fragte er nach.

„Ab und an", bestätigte ich lächelnd.

„Wie oft?"

„Mit drei Männern – und ein bisschen auch mit einer Frau. Und du?"

„Ich hatte bisher auch drei Frauen. Gleichstand also."

„Gleichstand? Ich hoffe, du willst hier keinen Wettbewerb aus der Party machen."

Statt einer Antwort erhielt ich ein breites Grinsen. Aha. Wollte er wirklich mit mir einen Wettkampf veranstalten, dann war ich mir sicher, dass ich den leicht gewinnen konnte. Als Frau hatte man da ja doch gewisse Vorteile. Bei Männern waren allein schon die körperlichen Grenzen deutlich enger. Außerdem hatte ich den Eindruck, dass ich bei der Männerwelt an diesem Abend recht gut ankam. Das traf umgekehrt auf Marco und die Frauen allerdings auch zu.

„Ich weiß ja, dass ich heute Nacht nicht mit jeder Frau hier vögeln kann", sagte er und fügte mit einem vermitzten Grinsen hinzu: „Aber ich kann es doch wenigstens versuchen."

Ups – den Satz kannte ich doch. Hatte Marco sich mit Karsten abgesprochen? So ziemlich genau das hatten Melanie und Yvonne ein paar Minuten zuvor über unseren Gastgeber gesagt. Aber vermutlich mussten Männer sich in dieser Hinsicht nicht absprechen. Diesen Drang hatten vermutlich so ziemlich alle hier, mutmaßte ich. Das war wohl genetisch bedingt. Ich fragte mich, wie viele der anwesenden Männer wohl Potenzmittel geschluckt hatten, um möglichst lange durchzuhalten. Es hätte mich zumindest sehr gewundert, wenn nicht der eine oder andere zu den berühmten blauen Tabletten gegriffen hätte.

„Hast du bei allen dreien abgespritzt?", wollte ich wissen?

„Nein, nur bei zweien. Einmal bei einer Solonummer mit einer Frau und einmal in einem Durcheinander zu fünft."

„Das war mit dem lesbischen Paar, nicht wahr?"

„Ja, aber so lesbisch sind die beiden gar nicht. Erfreulicherweise!"

„Na dann bist du ja noch gut einsatzbereit", sagte ich und schmunzelte.

Marco schmunzelte ebenfalls. Vermutlich dachte auch er bei meiner Bemerkung an eine Nacht, die wir zwei ein paar Tage zuvor in seinem Bett verbracht hatten. In jener Nacht war er fünfmal in mir gekommen – auch ohne dass er blaue Pillen geschluckt hätte (jedenfalls nicht, dass ich wüsste).

Immer und immer wieder hatten wir uns gegenseitig heiß gemacht – nicht zuletzt mit unseren Kopfkino-Fantasien über die bevorstehende Party, bei der wir nun waren.

Ich umarmte und küsste meinen Freund. Er ließ seine Hände auf meinen Po wandern und drückte mich an sich. Dabei spürte ich, wie sein Schwanz zu wachsen begann. Ich konnte nicht widerstehen, vor ihm in die Hocke zu gehen, und ihn zu blasen. Ich wusste, dass er meine Mundmusik liebte – vor allem, wenn ich es bis zum Ende machte. Für einen Augenblick prickte es mich, genau das jetzt zu tun. Aber das wäre in dieser Situation auch ein bisschen gemein gewesen. Marco wollte es noch mit anderen Frauen treiben, und sich nicht ausgerechnet mit der Frau austoben, mit der er ohnehin viele Nächte verbrachte. Auch ich hatte ja Lust, mich noch mehr durch diese Party zu vögeln.

Als ich mich wieder erhob, ihn anlächelte und seinen Schwanz freigab, wirkte er beinahe erleichtert. Möglicherweise hatte er gerade überlegt, wie er mich stoppen konnte, ohne mir ganz direkt zu sagen, dass er seinen Saft noch für andere Frauen aufheben wollte. Ich war mir sicher, dass er genau diesen Gedanken hatte.

„Viel Spaß mit allen Frauen, die dir heute noch über den Weg laufen", sagte ich, gab ihm einen Kuss und verließ die Küche.

Als ich mich noch einmal kurz zu ihm umwandte, warf er mir einen Luftkuss zu. Ich schloss die Tür nicht hinter mir, sondern hielt sie für eine blonde Frau offen, die soeben die Küche betreten wollte. Vielleicht würde das ja Marcos nächste Gespielin werden. Ein kurzer Smalltalk am Buffet und dann irgendwo einen Platz zum Vögeln suchen. Sein Typ wäre die schlanke, blonde Frau mit dem schönen Po sicherlich – vielleicht abgesehen davon, dass er eine Vorliebe für große Brüste hatte. Und die hatte sie nicht. Aber man konnte ja nicht immer alles zugleich haben.

Und ich? Wo war der nächste Mann, mit dem ich es treiben wollte?

Als ich ins Wohnzimmer zurückkehrte, herrschte dort eine gewisse Geschäftigkeit – allerdings völlig anderer Art, als ich das bisher an diesem Abend erlebt hatte. Ich sah niemanden beim Sex, dafür drängten sich alle um die Sektgläser, die unsere Gastgeber soeben füllten und verteilten.

„Ist gleich Mitternacht", sagte jemand zu mir. „Hol dir ein Sektglas."

Ach das waren die „anderen Dinge", um die Karsten sich hatte kümmern wollen, als er Melanie und mich in der Sofaecke verlassen hatte. Da hatte ich ihm mit meinen schrägen Gedanken vorhin wohl Unrecht getan.

Alles drängte sich an die große Fensterfront des Wohnzimmers. Man hatte hier einen recht guten

Blick über die nächtliche Stadt. Und kaum hatte jemand „Prost Neujahr" in den Raum gerufen, brach draußen das Feuerwerk los. Selbst einige der Partygäste gingen hinaus auf den Balkon, um ihre mitgebrachten Silvesterraketen zu zünden. Auf die nächtliche Winterkälte hatte ich allerdings nicht die geringste Lust. Ich hätte mich auch gar nicht anziehen mögen jetzt. Ich war eher in einer Stimmung, in der ich meine Nacktheit bei dieser Party genoss, die inzwischen wie angekündigt zu einer FKK-Party geworden war.

Allerdings zogen sich die Feuerwerker auch nicht komplett an. Die meisten streiften lediglich ihre Jacken über – und sonst nichts. Ein bisschen lustig sah das ja schon aus, wie ein Mann in Winterjacke Richtung Balkon ging – und unterhalb seiner Jacke sein halbsteifer Schwanz hin- und herschaukelte.

Alle, die im Wohnzimmer blieben, stießen miteinander an, wünschten sich ein frohes neues Jahr, umarmten und küssten sich. Ich hätte später nicht sagen können, wie viele Menschen ich hier kurz nach Mitternacht geküsst hatte. Mit manchen tauschte ich nur ein Küsschen aus, mit manchen auch einen richtigen Kuss – selbst mit Männern und Frauen, mit denen ich bisher noch kein Wort gewechselt hatte. Aber natürlich begrüßten auch Marco und ich auf diese Weise das neue Jahr – bevor wir uns wieder anderen Menschen zuwandten.

Ein Mann umarmte mich dabei so innig, dass ich spüren konnte, wie sein Schwanz steifer wurde, der sich gegen mich drückte. Wir dehnten unseren Kuss lange aus, und irgendwann spürte ich seine blanke Eichel direkt an meiner Pussy. Ich hatte keine Ahnung, ob er nur spielen wollte, oder ob er mich tatsächlich einfach so aus dem Neujahrs-Knutschen heraus nehmen wollte – und das ohne Kondom.

War das jetzt alles nur meine Wahrnehmung? Oder gab es bei dieser Party insgesamt eine Tendenz zum blanken Partnertausch? Vorhin mit dem Unbekannten im Arbeitszimmer hatte ich ja auch schon das Gefühl gehabt, dass der mich gern ohne Kondom gefickt hätte, wenn ich das zugelassen hätte. Und Melanie hatte es mit Timo ebenfalls gummifrei gemacht. Wobei das vielleicht anders bewertet werden musste, weil Timo ihr Hausfreund war – also gewissermaßen eine Zweitbeziehung. Da galten sicherlich andere Regeln, mutmaßte ich.

Auf jeden Fall empfand ich diese Situation beim Jahreswechsel-Knutschen als hoch erregend. Ein fremder Schwanz, der in keinem Kondom steckte, rieb gefährlich nah auf meiner Pussy. Ich spürte nicht nur diesen Schwanz, sondern auch ziemlich heftig meinen Herzschlag. Was würde der Fremde, mit dem ich hier so innig knutschte, wohl tun, wenn ich jetzt einfach ein Bein anhob und es ihm um die Hüfte legte? Würde er das als Einladung auffassen und einfach zustoßen?

Bevor ich jetzt irgendwelche Dummheiten machte, griff ich jedoch zu seinem Schwanz, rieb zärtlich
daran, drückte ihn aber von meiner Muschi weg. Er
lächelte verhalten und beendete im nächsten Moment unsere Umarmung, um der nächsten Frau ein
frohes neues Jahr zu wünschen. Der Zauber dieses
kurzen Spiels mit dem Feuer war verflogen.

Sofort war aber der nächste Mann bei mir, um
mir einen Neujahrkuss zu geben. Dessen Schwanz
kam mir nicht so gefährlich nah. Zudem war der
komplett eingefallen, woran sich auch beim Haut-
an-Haut-Kontakt mit mir nichts änderte. Keine di-
rekte Gefahr also.

Mein nächster Neujahrkuss ergab sich mit unserer Gastgeberin Yvonne. Ihr Körper fühlte sich warm
und weich an, und ich genoss ihre weiblichen Run-
dungen, als wir uns umarmten. Vielleicht würde
sich mit dieser Frau (die laut Joyclub-Profil eine aus-
geprägte Bi-Neigung hatte) ja noch ein ernsthafter
Frau-Frau-Sex ergeben, schoss es mir durch den
Kopf. Abgeneigt wäre ich jedenfalls nicht, sie noch
intensiver zu spüren, als das in diesem Augenblick
der Fall war. Leider beendete sie unsere Knutscherei
aber ebenso plötzlich, wie sie sich ergeben hatte. Im
nächsten Moment war Yvonne im Gewühl verschwunden.

Als der allgemeine Kussreigen abebbte, stellte ich
fest, dass manche Knutscherei direkt ins Vögeln
übergegangen war. Das Silvesterfeuerwerk draußen

war wohl so etwas wie ein Startschuss für die Fortsetzung der Orgie gewesen. Ich sah zwei Paare, die es stehend am Fenster machten. Ein Mann nahm eine Frau von hinten, ein anderer seine Partnerin von vorn. Sie hatte ein Bein um seine Hüfte gelegt und hielt sich an ihm fest. Wobei er sichtlich bemüht war, nicht aus dem Gleichgewicht zu geraten. Wie lange mochte er das wohl durchhalten?

Ich konnte es nicht ganz genau erkennen, aber ich hatte den Eindruck, dass der Mann, der seine Partnerin von hinten nahm, kein Gummi über dem Schwanz hatte. Ganz sicher war ich mir allerdings, dass das nicht seine Frau war. Ich hatte gut in Erinnerung, dass er mit einer anderen Frau an seiner Seite bei dieser Party erschienen war. Und eben diese Frau öffnete soeben auf dem Sofa ihre Beine für unseren Gastgeber Karsten.

Ich entdeckte Marco, der soeben mit der Blonden, die nach mir die Küche betreten hatte, Hand in Hand das Wohnzimmer verließ. Ich hatte mit meiner Spekulation also ganz richtig gelegen. Als mich ein Mann umarmen und küssen wollte, ließ ich mich darauf ein, Marco verschwand aus meinem Blick. Der Fremde griff zu meinen Brüsten und knetete sie fest.

„Auf deine Oberweite hatte ich den ganzen Abend schon Lust", flüsterte er. „Aber leider warst du immer anderweitig beschäftigt."

„Dann nimm sie dir doch jetzt", sagte ich und ließ mich in einen Sessel fallen.

Sofort war der Mann wieder bei mir, griff erneut nach meinen Brüsten, knetete sie nun aber nur noch kurz. Stattdessen zauberte er ein Kondom hervor, verpackte seinen Schwanz und kniete sich vor den Sessel zwischen meine Beine. Umgehend war er in mir und fickte mich mit schnellen, beinahe hektischen Stößen. Allerdings dauerte auch das nicht allzu lange. Ich war erstaunt, wie schnell es ihm kam. Ein paar Zuckungen noch, dann war er auch schon fertig.

„Das ging aber schnell", rutschte es mir heraus.

Das war natürlich äußerst uncharmant von mir gewesen. Männer, denen es derart schnell kam, empfanden das ja sicherlich selbst als unerfreulich. Das musste man ihnen nicht auch noch unter die Nase reiben.

„Manchmal ist das so bei mir", murmelte er missmutig. „Kann ich auch nichts für."

Er sah mich mit einem seltsamen Blick an, und ich bedauerte meine Äußerung. Aber da war es natürlich schon zu spät. Ich hatte es gesagt und konnte meine Worte nicht wieder einfangen. Der Mann zog sich aus mir zurück, zog sein gefülltes Gummi vom Schwanz und warf es samt Verpackung in einen der kleinen Papierkörbe, die an mehreren Stellen im Raum standen. Wenigstens einer, der sich an die

Ansage der Hausfrau hielt. Anschließend verließ der Mann den Raum. Er wirkte nicht sonderlich fröhlich.

Mir tat meine blöde Bemerkung wirklich leid und ich überlegte, ob ich das irgendwie doch wieder glätten konnte. Ich verließ die allgemeine Wohnzimmer-Orgie und ging ihm nach. Allerdings konnte ich meinen Schnellspritzer nicht sofort entdecken. Dafür fiel mein Blick in eins der Zimmer, in dem ich noch nicht gewesen war. Es war wohl ein Gästezimmer oder etwas in der Art. Jedenfalls stand darin ein Doppelbett, das jedoch nicht so groß war wie das Ehebett im Schlafzimmer unserer Gastgeber. Und auf diesem Gästebett vergnügte sich soeben ein Paar: Marco und die Blondine aus der Küche.

Ich blieb in der geöffneten Tür stehen und sah den beiden zu. In dem Raum herrschte ein ebenso schwaches Licht wie im Flur, aber ich konnte dennoch gut erkennen, wie sich Marcos knackiges Hinterteil zwischen den Beinen der Frau hob und senkte. Er nahm sie offensichtlich mit tiefen, gefühlvollen Stößen, sie hatte ihre Fingernägel in seinen Rücken gekrallt. So etwas machte ich auch hin und wieder, wenn ein Fick besonders erregend war.

Marco packte die Frau irgendwann und drehte sich mit ihr. Sie saß nun auf ihm, und er stieß sie von unten. Ich konnte seinen Schwanz zwischen ihren Pobacken deutlich erkennen. Er kam weit zum Vorschein, um im nächsten Augenblick wieder tief in ihr zu verschwinden. Mein Blick klebte regelrecht an diesem Po mit dem Schwanz meines Freundes dazwischen. Ich hatte ihn in ähnlichen Situationen beim Swingen ja schon des Öfteren gesehen und empfand das stets als erregend. Dieses Mal allerdings tauchte mich der Anblick in ein Wechselbad der Gefühle: Marco und die fremde Frau machten es ohne Kondom! Mein Eindruck, dass bei dieser Party eine gewisse Tendenz zum gummifreien Partnertausch herrschte, war offenbar nicht so falsch gewesen.

„Sie ficken blank", hörte ich plötzlich eine flüsternde Stimme hinter mir.

Ich sah mich um und blickte in das Gesicht eines Mannes, überlegte ein, zwei Sekunden, und wusste dann, dass dies der Partner der Blonden war, mit der Marco soeben vögelte. Mir waren die beiden in der Frühphase der Party aufgefallen, ich hatte sogar ein paar Smalltalk-Worte mit dem Mann gewechselt.

„Ja", bestätigte ich ebenso leise und sah wieder in das Zimmer. „Es sieht ganz so aus."

„Es sieht nicht nur so aus", flüsterte er mir nun ins Ohr.

Er packte mich an den Hüften und drückte sich gegen meinen Po. Sein Schwanz war steif und hart. Ganz offensichtlich erregte ihn der Anblick seiner fremd fickenden Frau. Naja, mich erregte der Anblick ja auch.

„Maike mag keine Gummis", fügte er hinzu.

„Wer mag die schon?", sagte ich leise und eher zu mir als zu ihm.

Gehört hatte er meine Bemerkung aber wohl trotzdem. Anders als Marco und die Blonde. Ich hatte nicht den Eindruck, dass sie etwas von den Zuschauern im Türrahmen bemerkten.

„Da hast du recht", hörte ich die Worte des Mannes in meinem Ohr. „Ich auch nicht. Du denn?"

„Naja", murmelte ich, ohne zu wissen, was ich darauf entgegnen sollte.

Also ließ ich es und setzte den Ansatz einer Erwiderung nicht fort. Mir stand auch nicht der Sinn nach Konversation. Dafür war ich viel zu gebannt von dem Blick auf Marcos Schwanz zwischen den Pobacken der Frau – und von dem Gefühl des harten Schwanzes, der sich immer mehr gegen meinen Po drückte. Und nicht nur gegen meinen Po. Ich hatte ganz stark den Eindruck, dass dieser Schwanz noch an eine andere Stelle wollte.

Als ich meine Beine nur ein klein wenig öffnete, bekam ich dafür die Bestätigung. Ich spürte ihn an den Innenseiten meiner Oberschenkel und gleich darauf auch an meiner Pussy. Aber noch spürte ich die Eichel nur an meinen Schamlippen und nicht dazwischen. Ähnlich wie vorhin bei der Knutscherei zum Jahreswechsel war es bisher nur ein Spiel mit dem Feuer. Noch war die Stellung wohl nicht so ganz perfekt für den Mann. So hielt ich mich am Türrahmen fest, beugte mich ein wenig und streckte ihm mein Hinterteil entgegen. Ich hätte in diesem Moment nicht sagen können, ob ich es wirklich tun wollte. Aber ich empfand die Situation als extrem erregend und wollte auch nicht aus ihr aussteigen. Mein leichtes Vorbeugen musste auf den Mann hinter mir wohl wie eine Einladung gewirkt haben. Jedenfalls spürte ich im nächsten Augenblick seinen blanken Schwanz in mir.

Der Fremde nahm mich sofort mit schnellen und tiefen Stößen. Er hielt mich an den Hüften fest, aber eine Hand griff auch immer wieder zu meinen Brüsten. Es fühlte sich geil an, aber ich wusste nicht, was mich mehr erregte: dass ein Fremder mich blank nahm, oder dass ich meinem Freund beim blanken Fremdsex zusah. Vermutlich war es eine Mischung aus beidem.

Selbst für meine Verhältnisse kam ich ziemlich schnell. Hatte das vielleicht etwas damit zu tun, dass ich vor ein paar Minuten im Wohnzimmer bereits gevögelt hatte, ohne einen Höhepunkt erlebt zu haben? Eher nicht. Der Schnellspritzer dort hatte nichts mit dem zu tun, was ich hier soeben erlebte.

Ich hielt mir die Hand vor den Mund und erstickte den Schrei, der eigentlich aus mir herauswollte. Aber Marco und die blonde Frau bei ihrer Nummer stören? Bloß nicht!

Mein Stecher kümmerte sich nicht weiter um meinen Orgasmus, sondern stieß mit unverminderter Heftigkeit weiter in mich. Ich hatte den Eindruck, dass auch er bald so weit sein würde. Doch er brauchte noch etwas. Und bevor es ihm kam, erlebte ich einen zweiten Höhepunkt. Der war sehr viel sanfter, durchströmte mich aber von Kopf bis Fuß. Schließlich kam auch der Mann in mir – ebenso wie Marco jetzt.

Naja, fast wie Marco. Der Unterschied war, dass mein Freund seinen Schwanz zum Schluss herausgezogen hatte. Das Licht war schwach, aber ich konnte dennoch erkennen, wie sein Sperma über die Pobacken der Blonden lief. Er hatte die fremde Frau blank gefickt, aber er hatte sie nicht besamt. Ich hingegen hatte genau das bei meinem Blankfick zugelassen.

Die letzten Zuckungen des fremden Schwanzes in mir ließen immer mehr nach. Schließlich begann er zu schrumpfen und flutschte heraus. Der Mann hinter mir knetete noch immer meine Brüste und sah über meine Schulter auf seine Frau, die soeben gemeinsam mit meinem Freund zu Ruhe kam.

„Du warst heiß", flüsterte der Fremde mir ins Ohr.

Für einen Augenblick war ich unschlüssig, ob ich (oder wir) zu Marco und der Blonden gehen sollten. Vielleicht würden sie es als Störung ihrer Solonummer empfinden, vielleicht auch als schöne Nach-Sex-Ergänzung.

„Lassen wir sie allein", hörte ich die leise Stimme des Mannes.

Ich nickte und ging gemeinsam mit ihm ins Bad. Wir mussten ein wenig warten, bis die Dusche frei wurde, aber schließlich konnten wir uns beide kurz abduschen. Wir stiegen gemeinsam in die geräumige Kabine, aber keiner von uns nutzte das für weitere sexuelle Aktivitäten. Der Mann war wohl erst einmal befriedigt. Und ich?

Nicht wirklich. Ungeachtet der zwei Orgasmen, die ich dabei erlebt hatte, hatte mich diese Nummer im Türrahmen eher noch mehr aufgeheizt. Ich hätte mich jetzt umgehend von dem nächsten Mann ficken lassen, wenn ich die Möglichkeit gehabt hätte. Und nach der Dusche würde ich das auch tun, nahm ich mir vor. Irgendjemand würde sich bei dieser intensiven Party schon finden.

„Macht ihr es immer blank mit anderen?", wollte der Mann wissen, als wir schließlich allein im Bad waren.

„Eigentlich nicht", entgegnete ich.

Aber was hieß schon eigentlich? Eigentlich war eigentlich ein Unwort.

„Und ihr?", fragte ich zurück.

„Mal so, mal so", erwiderte er. „Wie es sich ergibt. Aber wenn es Maike mit einem Mann blank macht, dann macht mich das unglaublich heiß. Dann will ich das auch."

„Habe ich bemerkt."

„Habe ich dich überrumpelt?"

„Eher verführt. Aber ich hätte ja nein sagen können."

„Hast du aber nicht."

„Nein", entgegnete ich und fügte in Gedanken hinzu: Ich habe mich stattdessen gebückt und dir meinen Po entgegengestreckt.

Ein Nein sah anders aus.

Der Mann grinste breit und ließ mich nicht aus den Augen, während wir uns abtrockneten. Dass nun Marco mit der blonden Frau ebenfalls ins Bad kam, wunderte mich nicht. Sie hatten ja auch soeben ihre Nummer beendet und sicherlich ebenfalls das Bedürfnis nach einer kurzen Dusche.

„Ich gehe schon mal ins Wohnzimmer", sagte der Mann zu seiner Frau, gab ihr einen kurzen Kuss, tauschte ein verschwörerisches Grinsen mit Marco und verließ das Bad.

Die Blonde ging allein in die Duschkabine, während sich Marco lässig gegen eine Kommode lehnte. Einer plötzlichen Eingebung folgend, ging ich vor ihm in die Hocke und nahm seinen eingefallenen Schwanz in den Mund. Er schmeckte nach einer typischen Säftemischung und nicht nach Gummi. Natürlich nicht – bei ihm und der Blonden war ja kein Kondom im Spiel gewesen. Aber irgendwie wollte ich das noch einmal überprüfen – gerade so, als hätte ich meinen Augen und den Worten meines Stechers nicht trauen können.

„Damit ist im Moment nicht viel anzufangen", murmelte Marco, der meine Liebkosungen gleichwohl zu genießen schien.

„Ich weiß", entgegnete ich und richtete mich wieder auf. „Ich habe euch ficken sehen. War sie gut?"

„Oh ja", entgegnete mein Freund strahlend.

„Er auch!", rief die Blonde aus der Dusche, was Marco ebenso ein Schmunzeln entlockte wie mir.

Offenbar hörte sie unserem Wortwechsel aufmerksam zu. Egal.

Marco fragte sich nun vermutlich, ob mir auch das kleine Detail des fehlenden Gummis aufgefallen war. Jedenfalls wirkte er leicht verlegen. Und bevor er mir jetzt möglicherweise eine seltsame Geschichte auftischte, fuhr ich fort:

„Ich habe es mit ihrem Mann übrigens auch blank gemacht, während wir euch zugesehen haben."

„Das kann ich mir denken", mischte sich die Blonde erneut ein, verließ die Dusche und griff zu einem Handtuch. „Reinhold würde es am liebsten jedes Mal blank machen. Zumindest immer dann, wenn ich das mit einem Mann mache."

Reinhold hieß mein Stecher aus dem Flur also. Aha. Marco wirkte irritiert, sah mich an und fragte:

„Schlimm?"

Ich zögerte mit meiner Antwort und horchte in mich hinein. Der Blick der Blonden pendelte zwischen Marco und mir.

„Oh", sagte sie. „Das wird doch jetzt nicht etwa konfliktär? Ich glaube, ich gehe mal besser."

Sprachs und verließ das Bad.

„Nein, nicht schlimm", entgegnete ich endlich, als sie uns alleingelassen hatte. „Wie gesagt: Ihr Reinhold und ich haben es ja auch blank gemacht. Ich weiß allerdings nicht, ob ich mich darauf eingelassen hätte, wenn ich euch nicht dabei zugesehen hätte."

Bevor jetzt tatsächlich eine ernsthafte Schwere zwischen uns entstehen konnte, umarmte ich meinen Freund und küsste ihn leidenschaftlich. Zu meinem Gefühlschaos hatte sich zwar ein Gedankenchaos gesellt, aber das wollte ich lieber erst einmal beiseiteschieben. Für schwere Gedanken war ich noch immer viel zu sehr erregt. Nachdenken konnte ich auch später noch – falls mir der Sinn danach stehen sollte.

Ich schmiegte mich eng an Marco, hob ein Bein und schlängelte es um seine Hüfte. Wäre sein Schwanz jetzt steif gewesen, hätte er leicht in mich eindringen können. Leider brauchte er nun wohl aber doch eine gewisse Verschnaufpause.

„Komm her", sagte ich dennoch, setzte mich auf die Waschmaschine und öffnete meine Beine.

Er stellte sich dazwischen, sein Schwanz drückte sich gegen meine Muschi, wurde aber nicht steifer.

Erst als ich mit der Hand daran rieb, kam etwas Leben hinein. Nicht viel, aber doch genug, dass ich ihn ein Stück weit einführen konnte. Ich hatte einfach das Bedürfnis, seinen Schwanz, der vor ein paar Minuten noch in der schönen Blondine gesteckt hatte, in mir zu spüren – egal, ob er zu einem ernsthaften Fick in der Lage war oder nicht.

„Und du hast es mit ihm auch ohne Gummi gemacht?", fragte er noch immer mit einer gewissen Verwunderung.

„Ja, sagte ich doch."

„Ist er in dir gekommen?"

„Ja, ist er."

Plötzlich kam deutlich mehr Leben in Marcos Schwanz. Beinahe schlagartig wurde er richtig steif.

„Mit anderen Worten: Ich stoße jetzt in sein Sperma", sagte er und sah mir tief in die Augen.

„Genau das tust du!", bestätigte ich.

Er funkelte mich mit einem geradezu wollüstigen Blick an. Offensichtlich erregte ihn dieses Wissen ebenso, wie es mich erregt hatte, als ich ihm vorhin mit der Blonden zugesehen hatte. Er stieß immer schneller und heftiger zu. Hätte ich nicht gewusst, dass sein letzter Fick noch nicht lange zurücklag, hätte ich das niemals vermutet.

„Lasst euch nicht stören", hörte ich plötzlich die Stimme einer Frau, die soeben das Bad betrat und unter der Dusche verschwand.

Stören lassen? Jetzt? Durch nichts in der Welt!

Als es mir kam, war ich laut – sehr laut. Und fast im selben Moment erlebte auch Marco einen Höhepunkt. Nahezu gemeinsam! Wahnsinn! Das hatten wir dann und wann zwar bereits erlebt, aber doch recht selten.

„Sechs", sagte ich schmunzelnd, als wir wieder zur Ruhe kamen und sein Schwanz in mir zu schrumpfen begann.

„Sex?", fragte Marco, der im ersten Moment wohl wirklich nicht verstanden hatte.

„Nein, nicht Sex, sondern sechs: sechs Schwänze in mir in dieser Nacht – jedenfalls wenn ich deinen mitzähle. Und das darf ich ja wohl."

„Dann bin ich bei fünf", entgegnete er.

„Na, mal sehen, ob du das noch aufholst."

„Da habe ich so langsam Zweifel", erwiderte er. „Ich war ja schon erstaunt, dass das eben noch ging."

„Beziehungsweise schon wieder."

„Oder so."

„Das ging sogar richtig gut", sagte ich und küsste ihn liebevoll.

„Das kann man wohl sagen!"

„Gehen wir ins Wohnzimmer?"

Marco nickte und wir verließen Hand in Hand das Bad. Im Wohnzimmer tobte in diesem Moment ein wildes Durcheinander. Ich war jetzt eigentlich eher in kuscheliger Stimmung. Ich sah Marco an, dass es ihm ebenso ging. Wir setzten uns in das kleine Sofa neben dem Kamin und sahen dem bunten Treiben zu.

Unser Gastgeber vögelte auf dem Fußboden, wo aus mehreren Matratzen ein großes Mattenlager entstanden war, mit der nächsten Frau – und zwar der Frau von dem jüngsten anwesenden Paar. Wenn ich das richtig in Erinnerung hatte, dann war sie gerade mal süße 24 – also nicht einmal halb so alt wie der Mann zwischen ihren Beinen. Hätte ich vielleicht Lust auf ihren Freund? Ich hatte noch nie Sex mit einem derart viel jüngeren Mann gehabt. Aber ich konnte ihn im Durcheinander nicht entdecken.

Dafür sah ich einen Mann, mit dem ich im allgemeinen Kussreigen um Mitternacht heftig geknutscht hatte. Er lag auf dem Rücken, eine Frau hockte über seinem Kopf und ließ sich von ihm die Pussy verwöhnen. Ich konnte mir gut vorstellen, was seine Zunge zwischen ihren Schamlippen trieb. Mehr jedoch interessierte mich sein Schwanz, der steil in die Luft ragte, ohne dass sich jemand darum kümmerte.

Erst jetzt realisierte ich, dass ich meine Finger in meinem Schoß hatte und mich streichelte – wenn auch nur ganz sanft. Ich hatte ja schon viel Sex gehabt und war eigentlich gut befriedigt. Aber so richtig satt war ich vielleicht noch immer nicht, wie ich mir beim Blick auf das Getümmel eingestehen musste.

„Na, doch noch Lust mitzumachen?", fragte Marco, als hätte er meine Gedanken gelesen.

Möglicherweise hatte er aber auch einfach nur meine Finger an meiner Pussy richtig gedeutet, die noch immer ziemlich feucht war. Kein Wunder bei den verschiedenen Körpersäften, die sich da vor Kurzem so gemischt hatten.

„Ein bisschen schon", gestand ich ein.

„Dann mach doch", sagte er.

„Und du? Kommst du mit?"

„Ich weiß ich noch nicht. Mal sehen."

Ich stand auf und ging zu meinem Mitternachtsküsser. Ich kniete mich neben ihn, griff zu seinem Schwanz und nahm ihn in den Mund. Der Kopf des Mannes blieb jedoch, wo er war. Um sehen zu können, wer ihn verwöhnte, hätte er die Frau über seinem Gesicht wegdrücken müssen. Und das wollte er vermutlich nicht. Das wäre auch schade gewesen. Der Gesichtsausdruck jener Frau verriet mir, dass er seine Sache wohl recht gut machte.

Kurz entschlossen nahm ich das Kondom, das ich mir auf dem Weg zu ihm gegriffen hatte, riss die Verpackung auf und rollte es ihm über den Schwanz. Anschließend setzte ich mich auf ihn.

Ich ließ seinen Schwanz tief in mich eintauchen und begann, auf ihm zu reiten. Der Mann tastete mit einer Hand nach mir, seine Finger wanderten über meine Oberschenkel und zu meinen Brüsten, aber dann hatte er wieder beide Hände bei der Frau über seinem Gesicht. Ob er wohl ahnte, wer auf seinem Schoß saß? Hatten seine tastenden Hände vielleicht meinen Busen erkannt? Der Gedanke, dass der Mann vermutlich nicht so recht wusste, mit welcher Frau er fickte, ließ mich schmunzeln.

Ein anderer Mann stellte sich zu mir und bot mir seinen halbsteifen Schwanz an. Ich nahm ihn und blies ihn. Zwar hatte ich es schon des Öfteren erlebt, dass ein Schwanz in meinem Mund steif wurde, aber in diesem Moment war ich doch erstaunt, wie schnell das bei diesem Mann ging. Da musste ich wohl irgendetwas richtiggemacht haben.

Meine reitenden Bewegungen wurden immer langsamer, und ich konzentrierte ich mich zunehmend auf den Mann, der so deutlich auf meine Mundmusik reagiert hatte. Schließlich erstarben meine Bewegungen auf dem Mann unter mir ganz, und ich stieg von seinem Schoß. Der Fremde vor mir strahlte. Kurz darauf lag auch er auf dem Rücken, hatte sich ein Gummi über den Schwanz gezogen, und ich ritt nun auf ihm. Wenn ich ihn schon steifgeblasen hatte, dann konnte ich schließlich auch davon profitieren.

Ich warf einen Blick zur Seite, wo sich soeben eine andere Frau um den Schwanz zu kümmern begann, den ich gerade freigegeben hatte. Auch sie setzt sich einfach auf ihn und ließ ihn in ihre Muschi gleiten. Allerdings zog sie zuvor das Gummi ab, mit dem er in mir gesteckt hatte – und dann setzt sie sich darauf, ohne ein neues aufzuziehen.

Die Party wurde mit zunehmender Uhrzeit offenbar mehr und mehr zu einer AO-Party. Auch Marco und ich hatten uns ja schon zu „alles ohne" hinreißen lassen, wie in der Swingerszene blanker Partnertausch umschrieben wurde – oder kurz ausgedrückt: AO. Der Mann, auf dessen Schwanz ich soeben ritt, sah das offensichtlich anders. Und ich normalerweise ja auch. Normalerweise …

Als mein Blick zum Kamin fiel, war das kleine Sofa dort leer. Ich sah mich um, konnte Marco aber nicht entdecken. Ob er wohl doch schon wieder konnte? Ich hatte zumindest keinen Zweifel daran, dass er schon wieder wollte. Der Blick auf dieses Getümmel hatte ja auch mich nicht kaltgelassen. Und mein Freund war noch weit mehr ein Augenmensch als ich.

Der Mann unter mir griff mit beiden Händen fest zu meinen Pobacken. Zugleich steigerte er sein Tempo. Er stieß mich jetzt mehr und mehr von unten, als dass ich auf ihm ritt. Plötzlich nahm er mich und drehte uns. Ohne, dass er dabei aus mir herausgeflutscht wäre, lag ich nun auf dem Rücken, und er nahm mich in der Missio. Er steigerte sein Tempo abermals und bescherte mir damit einen Höhepunkt. Mein Schrei vermischte sich mit dem Schrei irgendeiner anderen Frau, die irgendwo an anderer Stelle in diesem Raum soeben offensichtlich ebenfalls einen Orgasmus hatte. Von irgendwoher aus irgendeinem anderen Raum dieser großen Wohnung hörte ich leise einen weiteren weiblichen Orgasmusschrei. Gab es hier ein Echo?

Der Mann zwischen meinen Beinen stieß weiter in mich. Ich ahnte, dass auch er bald so weit sein würde. Bevor es ihm kam, zog er sich jedoch aus mir zurück, hockte sich über meinen Oberkörper und befreite sich vom Gummi. Ich ahnte, was er vorhatte und ließ ihn gewähren: Ein paar schnelle Bewegungen mit der eigenen Hand, und sein Sperma spritzte aus seinem Schwanz. Für die Uhrzeit (und vor allem: dafür, dass dies ja vermutlich nicht sein erster Fick dieser Nacht gewesen war) war es eine ganze Menge. Das meiste davon landete auf meinen Brüsten, der erste Spritzer hatte mich jedoch im Gesicht getroffen.

Ich quittierte es mit einem Lächeln. Hatte ich schon erwähnt, dass ich Sperma auf meiner Haut manchmal ganz gern mochte? Als hätte der Mann das gewusst. Er lächelte mich ebenfalls an, beugte sich zu mir und küsste mich.

„Das sieht geil aus", sagte er, nachdem er sich wieder aufgerichtet hatte und mit der Hand sein Sperma auf meinen Brüsten verschmierte.

Kurz darauf war er verschwunden. Wie hatte Melanie doch vorhin gesagt: Männer sind flüchtig. Wohl wahr. Aber bei so einer Party war das vermutlich normal – vor allem, wenn jemand das Bestreben hatte, sich durch die komplette Gästeschar zu ficken. Zumindest den Versuch unternahmen sicherlich einige Männer – nicht nur Marco und Karsten.

„Finde ich auch", hörte ich im nächsten Moment eine weibliche Stimme vor mir. „Das Sperma steht deinen schönen Brüsten ausgesprochen gut."

Ich sah auf und entdeckte eine Frau, die uns in einem Sessel sitzend zugesehen hatte. Ich überlegte einen Augenblick, war mir zwar nicht ganz sicher, aber ich vermutete, dass sie vorhin mit dem Mann bei der Party aufgekreuzt war, mit dem ich soeben gefickt hatte.

„Wenn mein Mann dir sein Sperma gibt", sagte sie und beugte sich zu mir, „dann kannst du mir gern etwas davon abgeben."

Mit diesen Worten begann sie zunächst mein Gesicht und anschließend meine Brüste abzulecken. Offensichtlich war ich hier nicht die einzige Frau mit einer Vorliebe für Spermaspielchen.

Als sie sich nach meinen Brüsten wieder meinem Gesicht zuwandte, hielt ich ihren Kopf fest und küsste sie. Sie ließ sich darauf ein, und unsere Zungen fanden sich zu einem intensiven Kuss. Dass dabei noch immer ein wenig Sperma ihres Mannes im Spiel war, machte mich an.

Sie ließ sich auf den Rücken fallen, ich kniete mich zwischen ihre Beine und tauchte mit dem Kopf in ihren Schoß ein. Sie war längst nicht so feucht, wie das bei mir mit Sicherheit noch immer der Fall war. Aber das änderte sich unter meinen Liebkosungen immer mehr. Ich leckte sie lange und intensiv. Der Geschmack ihrer Muschi war erregend, und ich legte viel Gefühl in mein Zungenspiel. Ich ließ mich ganz fallen in diesen Sex – der dritte innerhalb kurzer Zeit. Ich hätte nicht sagen können, wie lange ich mich schon in diesem Durcheinander auf der großen Spielwiese befand. Hier gab es nur ein Gewühl nackter, fickender Menschen, bei dem es längst unwichtig geworden war, wer es mit wem tat – und ich war mittendrin.

Während ich noch immer zwischen den Beinen dieser Frau kniete, spürte ich Hände an meiner Hüfte, und gleich darauf einen Schwanz an meinem Po. Irgendein Mann rieb zwischen meinen Pobacken und drängte dann zwischen meine Oberschenkel. Ohne hinzusehen, wer das war, öffnete ich meine Beine und damit meinen Schoß für ihn. Ich wollte in diesem Augenblick einfach nicht meine Lippen und meine Zunge aus diesem erregend schmeckenden Schoß nehmen. Ich wusste, dass die Frau bald so weit sein würde, und ich wollte ihr diesen nahenden Orgasmus gern schenken. Deshalb leckte ich sie unvermindert weiter und ließ zu, dass der fremde Schwanz einfach so in mich eindrang – ohne zu wissen, wem er gehörte. Etwas Ähnliches hatte ich ja auch mit meinem Mitternachtsküsser getan. Ich hatte ihn mir einfach genommen – und nun ließ ich mich einfach nehmen.

Ich behielt recht mit meiner Erwartung. Als es der Frau vor mir kam, blieb sie ganz leise, wandte sich unter meinen nun sehr sanft gewordenen Liebkosungen jedoch heftig hin und her. Dass ihr Orgasmus auch ausgesprochen feucht war, überraschte mich im ersten Moment. Ich selbst neige nicht zum squirten, und bei meinen bisherigen Bi-Erlebnissen war mir das auch noch nicht begegnet. Aber ich fand es schön, dass sie sich so fallenlassen konnte, und ich ihr offenbar einen intensiven Höhepunkt beschert hatte. Das sah sie wohl auch so. Sie richtete sich auf, strahlte mich an und küsste mich.

Wobei unser Kuss etwas ruckhaft wurde und unsere Zähne dabei zusammenstießen. Der Mann hinter mir stieß heftig zu und versetzte mich dabei in eine gewisse Bewegung, die einen friedlichen, zärtlichen Kuss beinahe unmöglich machte. Wir mussten beide schmunzeln nach dem Zusammenstoß.

„Ich überlasse dich mal deinem Stecher", sagte sie, und ich nickte.

Sie stand auf und ging. Ich sah ihr nach, dann konzentrierte ich mich auf den Mann hinter mir, von dem ich noch immer nicht wusste, wer das eigentlich war. Diese Unwissenheit gab mir einen zusätzlichen Kick, und ich schloss die Augen.

Erst als der Fremde in mir kam, sah ich mich zu ihm um. Ich war mir im ersten Moment nicht ganz sicher, aber dann erkannte ich in ihm einen der vielen Männer, die ich zum Jahreswechsel geküsst hatte. Ich lächelte ihn an, und er erwiderte das Lächeln, während er seinen schrumpfenden Schwanz aus mir zurückzog. Einen Höhepunkt hatte er mir nicht beschert. Schade – aber die Party war ja noch nicht vorbei.

Der Mann drückte mir einen Kuss auf den Po, stand auf und verschwand. Erst jetzt bemerkte ich, dass er es ohne Gummi mit mir gemacht hatte. Ich schüttelte den Kopf – mehr über mich selbst als über ihn. Als ich seinen Schwanz an meinem Po gespürt hatte, hätte ich mit einem kurzen Kontrollgriff feststellen konnte, ob der Schwanz in einem Gummi steckte oder nicht. Aber daran hatte ich in dem Moment absolut nicht gedacht. Und mein fremder Stecher hatte das ausgenutzt. Musste ich ihm das nun verübeln? Dieser Blankfick war ja doch ganz anders zustande gekommen als jener vorhin im Türrahmen. Da hatte ich mich verführen lassen – hier war ich überrumpelt worden. Ich beschloss, über diese Frage später nachzudenken – wenn überhaupt.

Ich sah mich um. Das allgemeine Durcheinander war noch nicht vorbei, ebbte aber allmählich ab. Wie vorhin am Kamin begann ich, mich selbst zu fingern.

Dieses Mal aber sehr bewusst. Ich wollte noch einen weiteren Höhepunkt erleben.

Irgendein Mann kam zu mir, kniete sich vor mich, begann mich sanft am Bein zu streicheln und fragte:

„Brauchst du Hilfe?"

Statt einer Antwort drückte ich seinen Kopf in meinen Schoß und lehnte mich zurück. Der Fremde begann, mich zu lecken. Er machte es etwas ruckartig und nicht sehr einfühlsam. Dennoch brachte er mich zum Höhepunkt. Ob er wohl ahnte (oder gar schmeckte), dass gerade erst jemand in mir gekommen war?

Als ich wieder zur Ruhe gekommen war, griff er zu einem Kondom und sah mich mit funkelnden Augen an. Nun stöhnte ich innerlich ein wenig: Noch einer, der mich ficken wollte? Eigentlich war ich jetzt doch ziemlich ausgepowert. Naja, aber warum nicht?

Ich blieb einfach auf dem Rücken liegen, er kam zu mir und nahm mich in der Missio. Es dauerte nicht lange, und ich kam erneut – wenn auch sehr sanft und eher verhalten. Kurz danach war auch er so weit. Unspektakulär, aber er reihte sich ein in das heftigste Durcheinander, das ich je erlebt hatte. Wer glaubt, in einem Swingerclub passieren besonders aufregende Dinge, war noch nie bei einer privaten Gruppensex-Party.

Als der Mann fertig war, wurde er seltsam schwer auf mir. Er würde doch wohl nicht etwa einschlafen? Ich ruckelte an seiner Schulter, und er zuckte zusammen. Ein peinlich berührtes Grinsen in seinem Gesicht sagte mir, dass ich mit meinem Verdacht offenbar gar nicht so falsch gelegen hatte.

Er stand auf, gab mir noch einen kurzen Kuss und verschwand. Ich ging zu dem kleinen Sofa neben dem Kamin, das erfreulicherweise wieder frei war. Erschöpft ließ ich mich hineinfallen und sah der nun endgültig ersterbenden Orgie zu. Ein paar Minuten später saß Marco wieder neben mir.

„Na, wie stets?", fragte er.

„Keine Ahnung", entgegnete ich. „Was hast du denn getrieben, seit du dieses Sofa verlassen hattest?"

„Zwei", sagte er strahlend und zeigte die Zahl mit den Fingern. „Und eine der beiden hatte einen mega geilen Hintern!"

Anatomische Einzelheiten seiner Gespielinnen interessierten mich jetzt eigentlich nur begrenzt.

„Bist du bei beiden gekommen?", hakte ich nach.

„Nein, nur bei der zweiten. Sonst wärs echt schwierig geworden. Und du?"

„Ich hatte mehr Höhepunkte", entgegnete ich lächelnd.

„Kunststück", sagte er. „Aber mich interessiert eher, wie viele Männer du hattest."

Für einen Augenblick musste ich tatsächlich darüber nachdenken. In diesem Gewühl hatte ich irgendwann den Überblick verloren. Um nicht zu sagen: Da war ich nicht immer mehr die Herrin meiner Sinne gewesen.

„Dann steht es jetzt zehn zu sieben", stellte ich fest und fügte mit einem Griff zu seinem eingefallenen Schwanz hinzu: „Das holst du nicht mehr auf."

Er sah mich erstaunt an und schüttelte den Kopf.

„Vier Männer hattest du seit vorhin in diesem Gewühl hier?", entgegnete er. „Wow!"

„Und einen davon blank", murmelte ich.

Für einen Moment stutze er, dann schmunzelte er.

„Ernsthaft? Du hast es hier heute mit zwei Männern blank gemacht?"

„Mit dreien."

„Mit dreien?"

„Ja, wenn ich dich mitzähle."

Eigentlich war dieses Aufrechnen ja ziemlich absonderlich. Aber irgendwie auch wieder lustig. Vermutlich hatte Marco ganz genau gewusst, dass er diesen kleinen Wettkampf nur verlieren konnte, als er ihn ausgerufen hatte. Naja, wirklich ausgerufen hatte er ihn ja gar nicht. Er war eher so aus unserem Geplänkel entstanden. Auch in unseren gemeinsamen Nächten hatten wir spaßeshalber manchmal mitgezählt – dann natürlich nicht die Zahl der Sexpartner, wohl aber die Zahl der Höhepunkte. Auch dabei hatte ich stets vorn gelegen. Ich konnte oft, und ich wollte oft.

Bei dieser Party hatte ich natürlich nicht den Versuch unternommen, mich durch die komplette männliche Gästeschar zu vögeln. Der Gedanke, es mit jedem hier anwesenden Mann zu treiben, wäre absonderlich gewesen. Aber als ich jetzt darüber nachdachte, wurde mir bewusst: Ich hatte zwar nicht mit jedem Mann hier gefickt – aber doch immerhin mit jedem zweiten.

Die Party ging allmählich dem Ende entgegen. Als mein Blick irgendwann auf eine Uhr fiel, stellte ich verblüfft fest, dass es bereits halb fünf war. Hin und wieder hatte ich zwar wahrgenommen, dass das eine oder andere Paar sich verabschiedete, aber ich wäre nicht auf die Idee gekommen, dass es bereits so spät war – beziehungsweise früh.

Auch Marco und ich suchten unsere Sachen zusammen und gerieten in die allgemeine Auflösungserscheinung der Party. Unsere Gastgeber standen im Flur und verabschiedeten jeden Gast mit einer herzlichen Umarmung und einem mehr oder weniger ausgedehnten Kuss. Ein bisschen witzig war, dass die beiden noch immer nackt waren, während die zum Aufbruch bereiten Gäste wieder komplett angezogen und bereit für die Heimfahrt durch die Winternacht waren. Bevor wir in dem kleinen Gedränge zu Yvonne und Karsten vordringen konnten, traf ich auf meinen Mitternachtsküsser, dessen blanker Schwanz sich so deutlich gegen meine Pussy gedrängt und den ich mir später im Gewühl ganz einfach genommen hatte.

„Schade", sagte er zu mir. „Mit dir hätte ich es auch gern noch getrieben."

„Hast du doch", entgegnete ich schmunzelnd.

Ich sah ihm an, dass er angestrengt nachdachte.

„Oh", sagte er schließlich. „Du warst das, als ich da wehrlos auf dem Boden lag?"

„Wehrlos? Dein Schwanz sah ganz schön gewaltig aus", entgegnete ich und zwinkerte ihm zu. „Er hat sich jedenfalls gut angefühlt in mir. Auch mit Gummi."

Er reagierte mit einem verhaltenen Schmunzeln. Ich war mir sicher, dass er zu den Männern auf dieser Party gehörte, die es auch einfach so blank machten mit einer fremden Frau. Naja, Marco und ich hatten das ja auch getan – wenn auch nicht unbedingt vorsätzlich. Aber manches ergab sich eben auch aus einer besonderen Situation heraus.

Mein Freund und ich waren uns zu Beginn unserer Swingerzeit eigentlich einig gewesen, dass gummifreier Partnertausch nicht für uns infrage kommen würde. Dann aber war es ihm bei einem Solodate mit einer Frau doch einmal passiert – und mir kurz danach bei einem Dreier mit einem Paar ebenfalls. Waren auch wir nun auf dem Weg, ein

AO-Paar zu werden? Offenbar sah man die Dinge etwas gelassener, wenn man diese Grenze erst einmal überschritten hatte. Jedenfalls hatte ich keine schweren Gedanken, als wir an diesem frühen Neujahrsmorgen auf dem Weg zu Marcos Wohnung waren – wo wir nach ein paar Stunden Schlaf den Rest des Tages mehr oder weniger mit Ficken verbrachten. Das Erlebnis dieser Party hatte mich unglaublich aufgewühlt, und ich konnte kaum an etwas anderes denken als an Sex. Am Abend dieses Neujahrstages hatte ich allen Ernstes eine wunde Muschi.

Es war wohl ungefähr eine Woche nach der Party, als ich unsere Gastgeberin Yvonne im Chat des Erotikforums Joyclub entdeckte. Natürlich hatten wir uns direkt nach der Party per Mail bei den beiden bedankt. Auch mit ein paar anderen Gästen hatte ich im Nachklang Mails gewechselt, was ich als sehr schön empfand. Eine private Party war doch sehr viel persönlicher als zufällige Begegnungen im Swingerclub. Als ich Yvonne nun entdeckte, lag mir ein Thema jedoch auf der Seele, weshalb ich sie anklickte:

Ich: Das war eine unglaubliche Party bei euch. Bei Weitem besser als jedes Club-Erlebnis

Sie: Freut mich, dass es euch gefallen hat

Ich: Ich habe mir nochmal einige Profile der anderen Gäste angesehen. Dabei ist mir etwas aufgefallen

Sie: Nämlich?

Ich: Alle haben unter ihren Vorlieben „Spermaspiele" angeklickt. Manche sogar in der Rubrik „Unbedingt". War das ein Auswahlkriterium für euch?

Sie: Auswahlkriterium wäre zu viel gesagt. Aber wir haben festgestellt, dass Swinger mit dieser Vorliebe eine gewisse Offenheit mitbringen

Ich: Du meinst eine Offenheit für blanken Partnertausch?

Sie: Ich sehe, wir verstehen uns

Ich: Warum habt ihr das nicht offen kommuniziert im Vorfeld?

Sie: Weil wir keine AO-Party veranstalten wollten. Wir finden es gerade spannend, wenn die Frage „mit oder ohne" nicht gleich geklärt ist. Wir spielen gern mit der Situation und dieser Ungewissheit

Ich: Aber ihr macht es blank?

Sie: Manchmal

Ich: Wie entscheidest du das für dich?

Sie: Nach Baugefühl

Ich: Und in der Silvesternacht? Wie war da dein Bauchgefühl?

Sie: Mal so, mal so. Mein lieber Mann würde es am liebsten mit jeder blank machen

Ich: Mit mir hat er ein Gummi benutzt

Sie: Dann hat ihm irgendetwas signalisiert, dass das angebracht war. Da kann er sehr feinfühlig sein

Ich: Naja, wie viel Feingefühl braucht ein Mann, wenn ihm im entscheidenden Moment eine Frau ein Kondom in die Hand drückt?

Sie: ☺

Ich: ☺

Sie: Du hast es ausschließlich mit Gummi gemacht bei unserer Party?

Ich: Anfangs ja

Sie: Und später?

Ich: Mal so, mal so

Sie: ☺

Ich: ☺

Sie: Bereust du es?

Ich: Eigentlich nicht. Das waren beides extrem geile Nummern. Aber zur Gewohnheit sollte man das lieber nicht werden lassen beim Swingen

Sie: So sehe ich das ja auch

Ich: Wie verhütest du?

Sie: Pille. Und du?

Ich: Spirale

Sie: Dann kann in der Hinsicht ja schon mal nichts passieren

Ich: Nein. Aber bei der Party hat mich das niemand gefragt – auch nicht meine Blankstecher. Die gehen vermutlich davon aus, dass eine Frau das schon irgendwie regelt

Sie: Natürlich tun sie das. Worüber wir eigentlich empört sein müssten. Aber ehrlich gesagt: Eine Frau, die nicht verhütet, wäre bekloppt zu einer solchen Party zu gehen. Es sei denn, sie hat einen dringenden Kinderwunsch, und es ist ihr egal, wer der Vater ihres Kindes wird

Ich: Da hast du vermutlich recht

Sie: Warst du eigentlich in unserem Spielzimmer im Dachgeschoss?

Ich: Nein, das habe ich leider verpasst. Ich war immer in der unteren Etage beschäftigt

Sie: Ich habe den Eindruck, dass unser Spielzimmer noch mehr zum AO animiert

Ich: Woran machst du das fest?

Sie: Unter anderem an der Anzahl der benutzen Kondome, die wir anschließend vorgefunden haben

Ich: Und woran noch?

Sie: An meinen eigenen Erfahrungen. Wenn ihr mal wieder zu einer Party zu uns kommt, dann kannst du das ja selbst überprüfen

Ich: Zumindest werde ich mir dieses Zimmer dann mal anschauen

Sie: ☺

Ich: ☺

Yvonne erzählte mir, dass die angeklickte Vorliebe „Spermaspiele: unbedingt" in einem Joyclub-Profil von manchen Swingern als Chiffre für die Vorliebe zum Blankfick interpretiert wurde – auch wenn manche das gar nicht so meinten. Da das Erotikforum einen offenen Umgang mit ungeschütztem Partnertausch untersagte, gab es verschiedene solcher Chiffren. Eine andere etwa war die Bemerkung „umweltfreundlich" im Profiltext – was so viel heißen sollte wie: „Wir verzichten auf Gummis." Noch andere schrieben Profiltexte, in denen das Schlüsselwort „hemmungslos" vorkam oder dieses und jenes als das A&O bezeichnet wurde. Die Paare, die diese besondere Spielart beim Partnertausch liebten, wussten die Hinweise zu deuten.

In meinem Profil war „Spermaspiele" in die Rubrik „Steh ich drauf" einsortiert – ebenso wie bei Marco. Ich wäre vor dieser Party und dem anschließenden Chat mit Yvonne allerdings nicht auf die Idee gekommen, dass dies jemand als Hinweis für eine Vorliebe zum Blankfick interpretieren könnte. Naja, wenn ich die Sache richtig verstanden hatte, dann war das ja auch nicht der Fall. Dafür hätte ich „Spermaspiele" unter „Unbedingt" einsortieren müssen.

Ich überlegte an diesem Abend nach dem Chat mit Yvonne, ob ich mein Profil an der Stelle ändern sollte – entschied mich dann aber dagegen. „Steh ich drauf" traf die Sache bei mir recht gut. Ich mochte Sperma, ich spürte es gern auf meiner Haut, ich hatte nichts dagegen, es zu schlucken – da passte diese Einsortierung ziemlich gut. Ein Signal zur generellen Bereitschaft zum Blankfick wollte ich aber lieber nicht aussenden – auch wenn ich nach dieser Silvesternacht das Gefühl hatte, das so etwas vielleicht doch erneut passieren könnte. Dann und wann zumindest.

Ich änderte mein Profil an diesem Abend aber doch noch – allerdings an einer anderen Stelle. Unter dem Punkt „Swinger" stand bei mir bisher „Erste Erfahrungen". Ich überlegte, ob ich das auf „Ja" anheben sollte. Schließlich beschloss ich, dass ich diese Stufe überspringen würde und klickt auf „Intensive Erfahrungen".

Nach dieser Silvesternacht erschien mir das als angemessen. Und ich ahnte, dass auch kommende Abenteuer diese Selbsteinschätzung rechtfertigen würden.

Ich sollte recht behalten.

Nina Noisee

Wie ich zum Swingen kam

Bekenntnisse
einer Swingerin (1)

Teil 1

Wie reagiert eine Frau, wenn sie mit Mitte 30 eine neue Beziehung eingeht und der Mann gleich zu Beginn das Thema Swingen auf den Tisch bringt? Ich war reichlich irritiert, und fragte mich: Reiche ich ihm nach so kurzer Zeit schon nicht mehr? Doch nachdem ich mich ein wenig in das Thema eingelesen hatte, wurde ich dann doch neugierig. So kam es zum ersten Besuch eines Swingerclubs und damit zur Entdeckung einer faszinierenden Welt: einer Welt von Partnertausch und Gruppensex – einer Welt die ich heute nicht mehr missen möchte.

Teil 2

Einhörner sind bekanntlich Fabelwesen, die es nicht gibt. Das macht die Suche nach ihnen so schwierig. In der Swinger-Szene werden deshalb Paare, die eine einzelne Frau für Sex zu dritt suchen, gern als Einhorn-Jäger bezeichnet. Eine Frau hingegen darf aus einem großen Angebot wählen, wenn sie offen dafür ist, zum Einhorn zu werden. Ich bin sehr offen dafür.

Kontakt zur Autorin:

NinasBuchPost@web.de